Über dieses Buch Wer die vielfältigen Anstrengungen kennt, die ein Besuch daheim bei Mutter bedeutet, wird diesen witzigen Ratgeber als Desiderat empfinden. Anhand der Beschreibung eines solchen Besuchs und seiner drei Phasen (Vor-Besuchs-Phase, Besuch, Nach-Besuchs-Phase) werden die ewig gültigen Gesetze subkutanen mütterlichen Terrors bei eben dieser Gelegenheit benannt, in ihren Variationen präsentiert und erläutert und werden sodann den Opfern Verhaltensmaßregeln erteilt, wie sie, wenn auch nicht gänzlich unbeschadet, so doch wenigstens mit dem Leben davonkommen.
Hier sind Kenner am Werk: mit einer psychologischen Einsicht, wie sie einem Fachbuch anstünde, verfolgen die Autoren die subtilen Mechanismen der Unterdrückung, der geheimen Botschaften, getarnten Vorwürfe und unverhüllten Rituale, wie sie die mütterliche Seele für solche Gelegenheiten bereithält und unweigerlich austobt.
Dieser Ratgeber läßt leidgeprüfte Söhne und Töchter quietschen vor Vergnügen, löst Spannungen und dient vor allem der Erkenntnis/Selbsterkenntnis. Besonders zu empfehlen als Lektüre für Bahnreisen zu Müttern.

Die Autoren Dennis Paget und Leonard Majzlin leben in New York City. Ihre Mütter wohnen in Florida und erwarten sehnlich ihren nächsten Besuch.

Dennis Paget und Leonard Majzlin

Besuch bei Mutter und wie man ihn überlebt

Aus dem Amerikanischen
von Irmela Erckenbrecht

Mit Zeichnungen von Leonard Majzlin

Fischer Taschenbuch Verlag

Deutsche Erstausgabe
Veröffentlicht im Fischer Taschenbuch Verlag GmbH,
Frankfurt am Main, Dezember 1987

Die amerikanische Originalausgabe erschien 1986
unter dem Titel ›How to Visit Your Mother‹ bei St. Martin's Press, New York.

Umschlaggestaltung: Rambow, Lienemeyer, van de Sand
Satz: Fotosatz Otto Gutfreund, Darmstadt
Druck und Bindung: Clausen & Bosse, Leck
Printed in Germany
ISBN-3-596-28257-8

Widerruf der Autoren

Alle Ähnlichkeiten zwischen den Mitgliedern unserer Familien und den in diesem Buch beschriebenen Menschen, Orten und Situationen sind rein zufällig. (Unsere Psychotherapeuten haben uns dringend zu diesem Dementi geraten.)

Nichtsdestoweniger widmen wir dieses Buch unseren lieben Eltern

Charlotte und Jesse Paget
Freda und Gregory Majzlin,

deren Zuneigung dieses Werk inspiriert hat.

Inhalt

DIE BESUCHS-PHASE

DIE NACH-BESUCHS-PHASE

Einführung

Es war einmal vor langer, langer Zeit, als das Leben noch viel einfacher war, da lebten wir alle

ZU HAUSE.

Morgens kam der Milchmann, einmal in der Woche der Eiermann und einmal jedes Jahr der Gasmann. Ja, selbst die Ärzte machten noch Hausbesuche, und niemand brauchte zu telefonieren. Man machte einfach das Fenster auf und rief seinem Nachbarn etwas zu, oder man ging die Straße hinunter und klopfte an seine Tür.
Jeder kannte Sie, denn dies war

IHR ZUHAUSE.

Und zu Hause war Ihre Mutter in erster Linie damit beschäftigt,

EINE MUTTER ZU SEIN,

Tag für Tag, Monat für Monat und Jahr für Jahr...

Sie TAT ETWAS FÜR SIE. So ging es lange Zeit weiter. Und eins ist klar, wenn man etwas lange Zeit tut:

MAN VERGISST NICHT, WIE ES WAR.

Heute sind Sie erwachsen und leben in einer Erwachsenenwelt. Die Wahrscheinlichkeit ist groß, daß Sie in einer anderen Stadt leben als Ihre Mutter, ja in einem ganz anderen Teil des Landes als dort, wo Sie aufgewachsen sind.

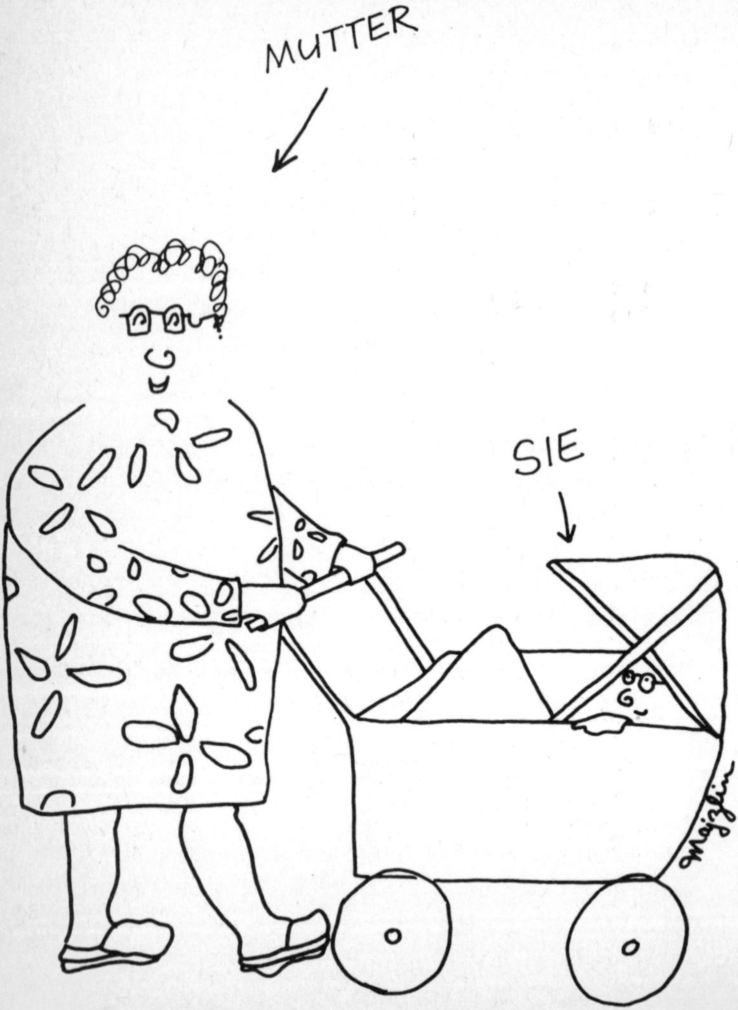
MUTTER
SIE
Majzlin

Und diese Tatsache ist der Grund für die Entstehung eines neuartigen Phänomens. Es heißt

DER BESUCH.

Doch das Zusammentreffen mit Ihrer Mutter am Telefon oder gar unter dem gleichen Dach setzt oft eine ganze Flut von schwer faßbaren, unterschwelligen Gefühlen und Erinnerungen in Gang, die das Verhalten beeinflussen.

DER BESUCH

und all seine Vorbedingungen und Schlußfolgerungen bilden denn auch das Thema dieses Buches, denn

DER BESUCH

ist nachgewiesenermaßen der wichtigste Faktor in der Beziehung zwischen einem Erwachsenen und seiner Mutter.

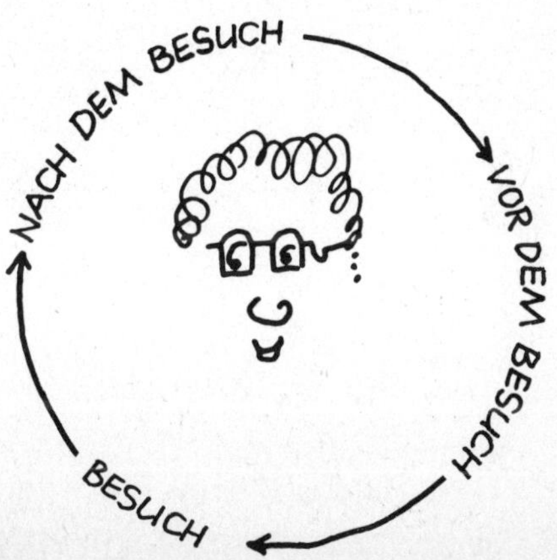

Dieser Ratgeber gliedert sich in drei Teile:

DIE VOR-BESUCHS-PHASE

DIE BESUCHS-PHASE

DIE NACH-BESUCHS-PHASE

Merke: Nicht nur in diesem Ratgeber, sondern auch im tatsächlichen Leben befindet sich die Beziehung Ihrer Mutter zu Ihnen stets in einem dieser drei Stadien.

DIE VOR-BESUCHS-PHASE

Die VOR-BESUCHS-PHASE ist durch zwei klar erkennbare Tatsachen gekennzeichnet:

1. Sie sind *im Moment* nicht bei ihr.
2. Sie sind auch nicht *gerade erst* bei ihr gewesen.

Für Ihre Mutter kann dies nur eines bedeuten:
Bedenken Sie, daß sich der größte Teil der heutigen Beziehung zwischen Ihnen und Ihrer Mutter in der VOR-BESUCHS-PHASE abspielt. Und ob Sie es nun merken oder nicht: Diese Phase wird von raffinierten psychologischen Strategien beherrscht, die alle nur auf einen ganz besonderen Augenblick hinauslaufen:

DIE ANKÜNDIGUNG IHRES NÄCHSTEN BESUCHES.

Getarnt zwischen ALLTÄGLICHEN, UNVERFÄNGLICHEN ÄUSSERUNGEN finden sich nur für den Fachmann erkennbare, geschickt lancierte Hinweise, die dazu dienen sollen, Sie auf ein bestimmtes Datum festzunageln.

Deshalb ist es für den Laien unerläßlich, sich mit diesen ALLTÄGLICHEN ÄUSSERUNGEN vertraut zu machen und sich dadurch in die Lage zu versetzen, die wirklich unverfänglichen Äußerungen von jenen unterscheiden zu können, die unweigerlich zu DER ANKÜNDIGUNG führen werden.

Die genannten Äußerungen können in Form von Telefongesprächen, Briefen und Geschenken auftreten.

Grundsätzlich sind zwei Arten von Telefongesprächen zwischen Ihnen und Ihrer Mutter zu unterscheiden:

ROUTINEANRUFE und
GETARNTE ZWECKANRUFE

Ein ROUTINEANRUF Ihrer Mutter ist nichts weiter als der harmlose Ausdruck ihres Wunsches, mit Ihnen – notfalls auch kurz – in Kontakt zu treten, Sie wissen zu lassen, daß sie Sie immer noch liebt... und

IHRE STIMME ZU HÖREN.

Ob dies zweimal am Tag, zweimal in der Woche oder zweimal im Monat auftritt – und ob das Thema von äußerster Wichtigkeit oder ziemlich belanglos ist –, sie will einfach nur

IHRE STIMME HÖREN.

Normalerweise, wenn Sie zu unpassender Zeit einen Routineanruf von einem Freund oder einem Vertreter für Brandversicherungen erhalten, bieten Sie einfach an, später zurückzurufen, oder Sie fragen, ob er in einer Stunde noch einmal anrufen könne.

Kein Problem.
Ihre Mutter jedoch ruft selten an, wenn Sie gerade nur ein Buch lesen oder vor dem Fernseher sitzen.
Mit großer Wahrscheinlichkeit wird der ROUTINEANRUF Ihrer Mutter ausgerechnet dann erfolgen, wenn

- Ihr Hund gerade auf die weiße Couch gepinkelt hat;
- Sie gerade herausgefunden haben, wieso Ihr Mann oder Ihre Frau die letzten Wochen über abends ständig länger im Büro bleiben mußte;
- Ihre fünfzehnjährige Tochter gerade gesagt hat, sie glaube nicht, daß man von einem einzigen Mal schwanger werden könne;
- das Finanzamt Ihnen gerade für die Steuernachzahlung eine letzte Frist von zehn Tagen gesetzt hat;
- Sie gerade erfahren haben, daß Ihr Psychiater mit Ihrer Geliebten zusammenziehen will;
- die Autowerkstatt Ihnen gerade den Kostenvoranschlag für den Einbau eines neuen Motors unterbreitet hat;
- Ihr zweijähriger Sohn sich gerade im Auto eingeschlossen hat und fröhlich am einzigen Autoschlüssel lutscht;
- Ihr Wellensittich sich aus seinem Käfig befreit hat und gerade von der Katze im Fernsehzimmer eingekreist worden ist;
- Ihr Sohn in der Badewanne sitzt und Sie gerade eine Plastikente ins Wohnzimmer schwimmen sehen;
- die Wüstenspringmaus Ihres Sohnes gerade den letzten Atemzug getan hat;
- Sie gerade vollauf damit beschäftigt sind, eine neue erogene Zone zu entdecken.

Unter diesen Umständen einen Anruf Ihrer Mutter entgegenzunehmen, birgt ein gewisses Risiko in sich – denn in dem Moment, in dem Ihre Mutter tatsächlich

IHRE STIMME HÖRT,

ahnt sie, daß etwas nicht in Ordnung ist, denn sie besitzt den

MUTTER-RADAR.

Anders als normaler Radar spürt der

MUTTER-RADAR

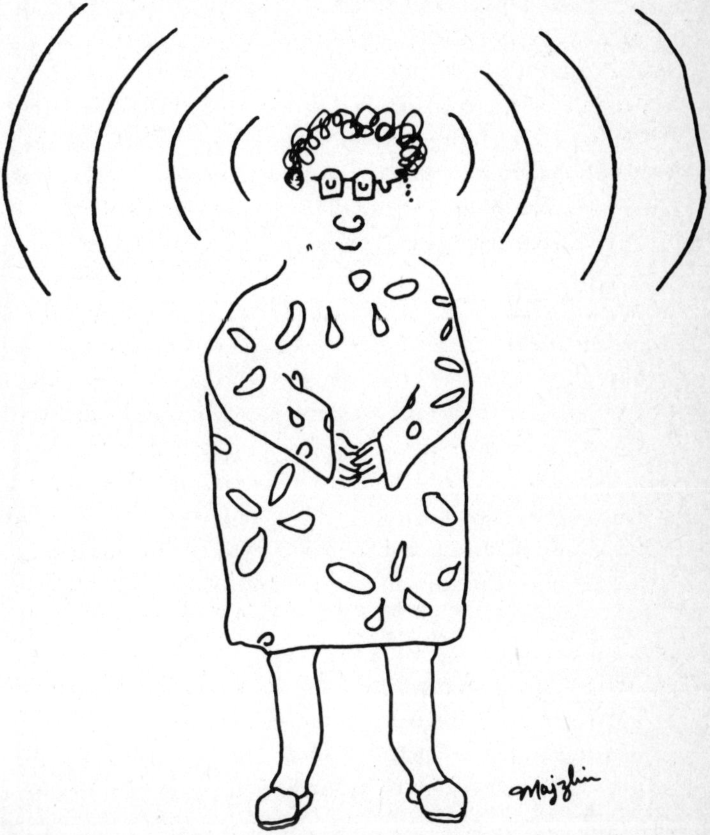

genau das auf, was *nicht* da ist. Ganz egal, ob Sie sich dafür entscheiden, sie später zurückzurufen oder sich mit ihr auf ein Gespräch einzulassen, es wird unweigerlich zwei Dinge nach sich ziehen:

SIE WIRD SICH SORGEN MACHEN.
SIE WIRD DENKEN, DASS ES ETWAS MIT IHR ZU TUN HAT.

In jedem Fall ist davon abzuraten, mit Ihrer Mutter ein Telefongespräch zu führen, wenn Sie in Wirklichkeit an etwas anderes denken; das wird sie nur noch bestärken. Je eindringlicher Sie ihr versichern, daß alles in Ordnung ist, desto überzeugter wird sie davon sein, daß überhaupt

NICHTS IN ORDNUNG IST.

Und wenn etwas NICHT IN ORDNUNG IST, gibt es nur eine Schlußfolgerung, die ein liebendes Mutterherz ziehen kann:

ES IST ZEIT FÜR EINEN BESUCH!

Diese Schlußfolgerung fest im Sinn, wird sie zunächst mit telefonischen »Minibesuchen« fortfahren, die nun mehr und mehr die Form GETARNTER ZWECKANRUFE annehmen.

Zum Beispiel ist morgen Ihr Geburtstag, aber Ihre Mutter ruft Sie heute an, um herauszufinden, wo Sie morgen sein werden, damit sie Sie anrufen und Ihnen zum Geburtstag gratulieren kann.

Neueste Forschungen haben ergeben, daß bei GETARNTEN ZWECKANRUFEN der eigentliche Grund nicht früher als dreizehn und nicht später als fünfzehn Minuten nach Abnahme des Hörers in das Gespräch einfließen wird – und zwar immer in Form einer

BEILÄUFIGEN ANDEUTUNG.

Im folgenden nun einige Beispiele für BEILÄUFIGE ANDEUTUNGEN, wie sie in GETARNTEN ZWECK-ANRUFEN aufzutreten pflegen:

»Was ich dir noch sagen wollte...
Neulich habe ich mit deiner Cousine Shirley gesprochen, und ihre Schwägerin zieht nach XYZ (die Stadt, in der Sie wohnen); da habe ich ihr gesagt, du würdest sicherlich jemanden kennen, der ihr helfen könnte, eine Wohnung zu finden.«

»Stell dir vor...
Neulich saß ich am Swimmingpool und hörte, wie eine Bekannte von Mrs. Kolodny über mir von der wundervollen Kreuzfahrt durch die Karibik erzählte, die ihre Kinder ihr zum Geburtstag geschenkt haben.«

»Ach, bevor ich es vergesse...
Neulich beim Zahnarzt habe ich zufällig in der *Cosmopolitan* geblättert und bin auf einen Artikel gestoßen, in dem es heißt, Verheiratete würden sehr viel länger leben als Ledige.«

»Soll ich dir mal was Interessantes erzählen?
Letzten Montag war ich mit Pearl essen, und sie erzählte, Sam, ihr Mann, der früher Buchhalter bei W. T. Grant war, habe gesagt, daß sich wegen der neuen Steuervorteile heutzutage Kinder wirklich lohnen.«

»Hast du dir das schon mal überlegt?
Gestern kam in der Werbung eine Information von der Post, und sie meinten, je mehr man sein Telefon benutze, desto billiger werde es auch.«

»Übrigens ...
Weißt du, wie lange es schon her ist, daß wir uns gesehen haben?«

Im folgenden einige höfliche TAKTISCHE ANTWORTEN, auf die sich zu beschränken wir in dieser Gefahrenzone unbedingt empfehlen:
»Wie interessant.«
»Wie schön.«
»Das habe ich noch gar nicht gewußt.«
»Das habe ich auch schon mal gehört.«
»Ach, wirklich?«

Sie werden bemerkt haben, daß diese TAKTISCHEN ANTWORTEN auf alle Fragen anwendbar sind – abgesehen von der letzten Frage natürlich: »Weißt du, wie lange es schon her ist, daß wir uns gesehen haben?«
Hier handelt es sich um einen GETARNTEN ZWECKANRUF in höchster Vollendung, denn mit seiner Hilfe löst Ihre Mutter nun genau den Prozeß aus, der Sie unweigerlich dem Höhepunkt der VOR-BESUCHS-PHASE zutreibt. Dieser heißt:

* ANKÜNDIGUNG DES BEVORSTEHENDEN BESUCHES *

Alles, was bisher in diesem Handbuch über Telefongespräche gesagt worden ist, wird auf geradezu wunderbare Weise bestätigt, wenn Ihre Mutter in direkten Kontakt mit einem technischen Hilfsmittel tritt, mit dem sie sich partout nicht anfreunden kann und das sie am liebsten aus der Welt schaffen würde – dem

AUTOMATISCHEN ANRUFBEANTWORTER.

Trotz umfangreicher Forschungsarbeiten ist es uns bisher nicht gelungen, mehr als nur eine einzige Art mütterlicher Reaktion auf einen AUTOMATISCHEN ANRUFBEANTWORTER festzuhalten:

»(Seufzer) … (Klick)«

Obgleich wir zahllose Menschen über die Haltung ihrer Mütter gegenüber AUTOMATISCHEN ANRUFBEANTWORTERN befragt haben, scheint jede Mutter ihre EIGENEN Gründe dafür zu haben, nicht auf das Band sprechen zu wollen. Einige dieser Gründe haben wir für Sie zusammengestellt:

+ Woher soll ich wissen, daß dich meine Nachricht überhaupt erreicht?
+ Ich weiß einfach nie, was ich sagen soll!
+ Es hat sich gar nicht angehört wie deine Stimme...
+ Für deine Kunden mag das das Richtige sein, für mich nicht!
+ Ich bin zu alt für so etwas...
+ Warum soll ich Geld für den Anruf bezahlen, wenn du gar nicht da bist?
+ Warum sollen andere Leute erfahren, was ich dir zu sagen habe?
+ Ich mag es nicht, wenn jemand mir vorschreibt, wann ich sprechen soll!
+ Ich brauche keine Ferngespräche zu führen, um mich mit mir selbst zu unterhalten!
+ Warum sollte ich etwas sagen, wenn mir sowieso keiner zuhört?
+ Mit einer Maschine zu sprechen – das ist nichts für Mütter!

Im gegenwärtigen Stadium werden Sie ein deutliches Anwachsen der Postsendungen beobachten können, die Sie von Ihrer Mutter erhalten. Die meisten von ihnen lassen sich zwei Bereichen zuordnen:

UNAUFGEFORDERT EINGESANDTES BERATUNGSMATERIAL und »DENKSPORTAUFGABEN«.

UNAUFGEFORDERT EINGESANDTES BERATUNGSMATERIAL tritt oft in Form von Zeitungsausschnitten, Informationsbroschüren, Handzetteln, Konzertprogrammen oder Briefen und Postkarten anderer Leute auf. Meist ist es mit persönlichen Randbemerkungen oder beigehefteten Notizen versehen.

Hier einige Beispiele für UNAUFGEFORDERT EINGESANDTES BERATUNGSMATERIAL:

+ eine Filmbesprechung von *Yentl* aus ihrem Supermarktblättchen von einem Menschen namens Candi Flanagan mit der handschriftlichen Randbemerkung Ihrer Mutter: »Sie und ich stimmen hundertprozentig überein. Nicht verpassen!«

+ die Rückseite einer Reispackung mit einem aufregenden Rezept für exotisches Hähnchen mit Maraschinokirschen, Brokkoli, Orangenschalen und Nesquick mit der Erklärung: »Das habe ich für meine Canasta-Gruppe gekocht, und keiner hat erraten, was alles drin war.«

+ ein abziehbarer Gutschein, den sie in einem Bus bekommen hat, mit fünf Tips vom Steuerberatungsverein und der Randbemerkung Ihrer Mutter: »Weiß dein Steuerberater davon?«

+ ein Artikel aus dem Anzeigenblatt des Wunderland-Einkaufszentrums, in dem erklärt wird, wie man am besten Borschtschflecken aus Kleidern entfernt, mit dem Kommentar Ihrer Mutter: »Ich wünschte, das hätte ich vor Jahren gewußt.«

+ ein Artikel mit der Schlagzeile »Zeitgenössischer Wiener Psychiater widerlegt Freud« mit der Randbemerkung Ihrer Mutter: »Das hätte ich ihnen schon vor Jahren sagen können, wenn man mich nur gefragt hätte.«

Briefe in Form von

DENKSPORTAUFGABEN

allerdings bieten Ihrer Mutter oft die beste Möglichkeit, Ihnen durch einen zarten Hinweis klarzumachen, daß es endlich

ZEIT IST FÜR EINEN BESUCH.

Hier einige Beispiele für DENKSPORTAUFGABEN:

+ ein Prospekt mit riesigen Anzeigen zum Winterschlußverkauf mit der Bemerkung Ihrer Mutter: »Selbst wenn ich nicht hier wohnen würde – ein Besuch würde sich schon allein deswegen lohnen.«

+ ein Handzettel mit der Ankündigung, daß das Palmetto-Theater in großer Starbesetzung *Das ungleiche Paar* mit

Durward Kurby und Soupy Sales aufführen wird, mit dem Kommentar Ihrer Mutter: »Ich will mir Karten besorgen und kann es kaum erwarten! Wäre es nicht schön, wenn du mitkommen könntest?«

+ eine Zeitschriftenanzeige (ohne jede Randbemerkung) mit einem Coupon für eine 50%ige Ermäßigung der Automietgebühr für jeden, der innerhalb von 60 Tagen ein Eastern Airlines Ticket nach Florida löst.

+ ein Zeitungsartikel über einen kleinen Jungen, der ganz allein nach Arizona gereist ist, um seine Großmutter zu besuchen, und von dem Flugzeugpersonal ganz besonders nett behandelt wurde, mit dem Zusatz Ihrer Mutter: »Ist das nicht wunderbar?«

+ ein Zeitschriftenartikel über einen jungen Mann aus Cleveland, der letztes Jahr in ihre Nähe gezogen ist, einen kleinen Pfannkuchenstand aufgemacht hat und heute allein in ihrem Bezirk fünf Schnellrestaurants besitzt und über eine halbe Million Dollar umsetzt, mit der Bemerkung Ihrer Mutter: »Es ist erstaunlich, zu was es ein junger Mensch mit Köpfchen hier unten bringen kann.«

+ eine Wetterkarte aus der örtlichen Tageszeitung, der zu entnehmen ist, daß im Norden für dieses Jahr der kälteste Winter aller Zeiten erwartet wird, mit einer Notiz Ihrer Mutter: »Ich kann gar nicht glauben, daß ich das am gleichen Tag las, als ich hier im Meer schwimmen ging.«

+ ein Handzettel über ein viertägiges Seminar für Büromanagement, das im Ramada Inn unweit vom Haus Ihrer

Mutter abgehalten wird, mit der handschriftlichen Bemerkung: »Sam, der früher Buchhalter bei W. T. Grant war, meinte, du könntest die ganze Reise von der Steuer absetzen und bräuchtest dich nur am ersten Morgen in die Liste einzutragen.«

Doch es gibt auch noch andere Dinge, die mit der Post hin und her befördert werden:

Geschenke

Es gibt HERVORRAGENDE GESCHENKE, es gibt GANZ NETTE GESCHENKE, und es gibt SCHRECKLICHE GESCHENKE.

Ein HERVORRAGENDES GESCHENK ist:

1. etwas, das Ihre Mutter wirklich gebrauchen kann,
2. etwas, das Ihre Mutter sich selbst nicht geleistet hätte,
3. etwas, das Ihre Mutter nicht von Ihnen erwartet hätte,
4. etwas, das Ihre Mutter oft benutzen kann, vielleicht sogar täglich,
5. etwas, das Ihre Mutter in Gegenwart anderer benutzen kann,
6. etwas, das die Bewunderung ihrer Bekannten erregt; mit anderen Worten:

WIRD ES AM SWIMMINGPOOL ANKOMMEN?

Legt man diese Kriterien zugrunde, stellt ein lupenreiner Diamant auf einem roten Samtkissen in einem satingefütterten, filigrangearbeiteten Etui aus echtem Silber kein wirklich HERVORRAGENDES GESCHENK dar: Diesen zugegebenermaßen recht seltenen und kostbaren Gegenstand kann sie nicht wirklich gebrauchen. Natürlich würde sie *er-*

warten, daß Sie ihn kaufen, wenn sie wüßte, daß Sie dazu in der Lage wären – ihn täglich mit sich herumzuschleppen, könnte sich jedoch eher als Last erweisen. Und da er keine andere Funktion hat, als einfach *da* zu sein, wäre es schwierig, ihn in die Gespräche mit ihren Bekannten einzubauen (»Die Autoschlüssel müssen doch hier irgendwo sein – vielleicht unter dem achtkarätigen Diamanten...«). Zwar würde er bei anderen einige Bewunderung erregen, aber das wäre auch schon der einzige Nutzen, den sie von dem Ding hätte.
Eine auffällige Armbanduhr, ein Armreif oder ein Medaillon hingegen, die sie jeden Tag tragen kann, sind HERVORRAGENDE GESCHENKE.

Ein attraktiver Bademantel wiederum ist ein GANZ NETTES GESCHENK. Er ließe sich durchaus auch als HERVORRAGENDES GESCHENK bezeichnen, allerdings nur, wenn Sie ihr bereits mehrere geschenkt haben, damit sie sich nicht zu oft mit dem gleichen Bademantel sehen lassen muß.

Ein GANZ NETTES GESCHENK wird oft allen Kriterien eines HERVORRAGENDEN GESCHENKES gerecht, abgesehen vom ersten. Mit anderen Worten, ein Geschenk ist erst dann HERVORRAGEND, wenn sie es

WIRKLICH GEBRAUCHEN KANN.

Ein NETTES GESCHENK hingegen ist eines, das sie

IMMER GEBRAUCHEN KANN.

Eine Schachtel mit bestickten Taschentüchern zum Beispiel ist ein GANZ NETTES GESCHENK.

Ein SCHRECKLICHES GESCHENK wiederum ist eines, das zwar einige der oben genannten Kriterien erfüllen mag, doch insgesamt zeigt, daß Sie keine Ahnung von ihren Bedürfnissen, Wünschen oder von ihrem Geschmack haben.

Einige Beispiele für SCHRECKLICHE GESCHENK-IDEEN sind:

+ eine Garnitur schwarzer Reizwäsche,
+ ein Trimm-dich-Set von Adidas,
+ ein Buch mit dem Titel *Kochen für Anfänger*,
+ ein Tanga-Bikini,
+ eine handgeschnitzte Haschischpfeife,
+ eine Platte »Rolling Stones Greatest Hits«,
+ ein gerahmtes Bild von Ihnen und Ihrer Schwiegermutter,
+ ein Foto von Ihnen am FKK-Strand,
+ eine Packung Kaugummi,
+ *ein* Ohrring,
+ ein Trikot Ihres Lieblingssportvereins,
+ eine handsignierte erste Ausgabe von *Lady Chatterley*
+ ein Gutschein für einen Breakdance-Kursus.

Wir empfehlen Ihnen wärmstens, Ihrer Mutter auch ohne äußeren Anlaß Geschenke – oder Blumen – zu schicken, und zwar so oft wie möglich. Ein unerwartetes Geschenk kann nur zu ihrem Wohlbefinden beitragen, obwohl sie natürlich immer sagen wird:

Auch für die Geschenke, die Sie von Ihrer Mutter bekommen, gelten die oben genannten drei Kategorien.
Unsere Forschungsergebnisse deuten darauf hin, daß Sie früher oder später Geschenke von Ihrer Mutter erhalten werden, die mit Ihrem Leben, Ihren Bedürfnissen und Wünschen (geschweige denn mit Ihrem Geschmack) in keinerlei Zusammenhang stehen.

Und Sie wissen es in dem Moment, in dem Sie die Verpakkung lösen, denn:

+ es ist der vierte Frotteebademantel innerhalb von drei Jahren,

+ es ist eine italienische Riesensalami, und Sie sind schon seit fünf Jahren Vegetarier,

+ es ist ein Veloursabendmantel von St. Laurent, und Sie stehen gerade auf abgeschnittene Jeans.

Dabei ist es durchaus denkbar, daß sich in einer verschwiegenen Ecke im Kleiderschrank des dünnen, glatzköpfigen Sekretärs des Taubenzüchtervereins die gleichen Geschenke stapeln wie im Kleiderschrank seines kräftigen, langhaarigen Bruders, der bei der Rockgruppe »Feindliche Radkappen« das Schlagzeug spielt.
Ihre Mutter will damit jedoch nur zeigen, daß sie keines ihrer Kinder bevorzugt.
Ausnahmslos wurden diese Geschenke allerdings in einem Geschäft gekauft, das in Ihrer Stadt keine Filiale hat. Sie haben also keine Chance, sie umzutauschen oder einen Gutschein zu bekommen – es sei denn, Sie würden Ihre Mutter besuchen...
Das Phänomen von Geschenken, die Bedürfnis und Geschmack des Empfängers empfindlich verfehlen, kann sich

über Jahrzehnte hinziehen – wenn Sie sich nicht entscheiden, mit Ihrer Mutter darüber zu sprechen. Ein Ratschlag im Guten: tun Sie's nicht.

Bis jetzt haben Sie nun die verschiedenen ausgeklügelten Hinweise und Andeutungen kennengelernt, die sich über die letzten Wochen und Monate erstreckt haben, und langsam stellt sich auch bei Ihnen der Gedanke ein:

Hier stellt sich nun für Sie vor allem die Frage:

HEIMSPIEL ODER GASTSPIEL?

Für die Belange dieses Handbuchs können wir Fragen der finanziellen Belastung, weiten Entfernung und Größe der Familie getrost außer acht lassen, denn auch wenn Sie vielleicht in Alaska wohnen, sieben minderjährige Kinder haben und Ihr Familienbudget gerade einen Ausflug in die nächstgrößere Stadt zuläßt, Ihre Mutter aber in einem kleinen Campingwagen in Florida wohnt – sie wird es immer lieber sehen, daß Sie zu ihr kommen und nicht umgekehrt.
Warum?

In der Vergangenheit hat Ihre Mutter die meiste Zeit mit Ihnen

ZU HAUSE

verbracht. Und während dieser Zeit war sie in ihren wachen Stunden nur mit einem einzigen Gedanken beschäftigt gewesen:

ETWAS FÜR SIE ZU TUN.

Ob es sich nun um Einkaufen, Putzen, Kochen, Füttern, Erziehen oder Anziehen handelte, alles fiel unter die allgemeine Kategorie:

ETWAS FÜR SIE ZU TUN.

In bezug auf Umgebung und Atmosphäre werden heute die optimalen Voraussetzungen für Ihre Mutter, ETWAS FÜR

SIE ZU TUN, am ehesten in ihrem eigenen Heim vorgefunden – nie in dem Ihren.
Wenn Ihre Mutter zum Beispiel bei Ihnen zu Besuch ist und morgens zum Frühstück in die Küche kommt, hat sie aller Wahrscheinlichkeit nach schon ihr Bett gemacht.
Wenn Sie jedoch bei Ihrer Mutter übernachten und am nächsten Morgen in die Küche kommen, gelingt es ihr zumeist, auf rätselhafte Weise die Küche zu verlassen, Ihr Bett zu machen und wieder in der Küche zu sein, bevor Sie auch nur den Löffel in der Tasse herumgerührt haben.
Und der Unterschied liegt darin, daß sie das alles getan haben wird, bevor sie ihr EIGENES Bett gerichtet hat.
Aus alledem geht hervor, daß es in ihrem eigenen Heim für Ihre Mutter sehr viel einfacher ist,

ETWAS FÜR SIE ZU TUN.

Oder wann hat Ihre Mutter das letzte Mal für Sie in *Ihrem* Haus das Bett gemacht?
Aller Wahrscheinlichkeit nach nie.
Es sei denn, Sie sind nicht verheiratet.
Denn alle unsere Forschungsergebnisse deuten darauf hin, daß Ihre Mutter sich in Ihrem Haus nur dann wirklich wohl fühlt, wenn Sie alleinstehend, krank oder schwanger sind.
Abgesehen davon gibt es nämlich nur zwei offiziell zugelassene Tätigkeiten, die Ihre Mutter bei Ihnen zu Hause ausüben kann:

1. Einen Staubwedel kaufen.
2. Schrankpapier einlegen.

Unter all den Dingen jedoch, die Ihre Mutter so gern FÜR SIE TUT, gibt es etwas, das die heimelige Atmosphäre, die sie für Sie schaffen will, am besten symbolisiert, und das ist

SIE ZU FÜTTERN.

Denn dies war die erste wichtige Sache, die sie für Sie getan hat. Und wo und wann auch immer es möglich ist, wird sie versuchen, es immer... und immer... und immer wieder zu tun.

Am besten kann sie das jedoch in ihrem EIGENEN REVIER, denn

+ da weiß sie, wo all *ihre* Töpfe und Pfannen sind;

+ da weiß sie, wo all *ihre* Teller und Tassen sind;

+ da weiß sie, wo all *ihr* Besteck ist;

+ da weiß sie, wo alles ist, worin sie in den letzten Jahrzehnten gekocht, worauf sie es serviert und wovon sie es gegessen hat;

+ da weiß sie, welcher Fleischer ihr immer nur das beste Bruststück gibt;

+ da weiß sie, daß sie sich auf den Fischmann verlassen kann, wenn er ihr rät, Flunder zu nehmen statt Heilbutt;

+ da weiß sie, wo sie für ihr Lächeln immer noch einen Pfirsich extra bekommt;

+ da weiß sie, daß sie ihren guten, alten Schneebesen und die Holzschüssel hat, keine elektrische Küchenmaschine;

+ da weiß sie, daß sie mit den Resten tun kann, was sie will;

+ da weiß sie, was in welche Schüssel gehört;

+ da weiß sie, in welcher Schublade die Topflappen sind;

+ da weiß sie, welcher Büchsenöffner richtig funktioniert;

+ da weiß sie, wo man den Räucherfisch auch genau so schneidet, wie Sie ihn am liebsten mögen;

+ da weiß sie, daß der Zucker in der Teebüchse ist, der Tee in der Kaffeebüchse und der Kaffee im Kühlschrank;

+ da weiß sie, daß sie ihren Meßbecher mit den roten Zahlen hat.

Inzwischen sollte Ihnen deutlich geworden sein, daß das Ziel des BESUCHES allein darin liegt, Sie und Ihre Mutter glücklich zu machen, und eine Atmosphäre friedlicher Koexistenz läßt sich nun mal in der Umgebung Ihrer Mutter leichter herstellen als in Ihrer eigenen. In den meisten Fällen würden Sie und Ihre Familie doppelt so hart arbeiten müssen, um es ihr in Ihrem Heim gemütlich zu machen. Und wie gastfreundlich Sie auch immer zu ihr sein mögen, wie viele Kopfkissen Sie ihr aufs Bett legen, wie viele frische Orangen Sie ihr jeden Morgen auspressen und wie malerisch Sie die Bananenscheiben auf ihrem Müsli drapieren – ihrem Gefühl nach wird sie nie eine

MUTTER

sein, sondern ein

GAST.

Und in dieser Rolle kann sie schlecht ETWAS FÜR SIE TUN. Denn als guter Gast muß man die Tatsache akzeptieren, daß Nehmen seliger ist denn Geben. Die meisten Leute lassen sich gern von vorn bis hinten bedienen. Für Ihre Mutter jedoch bedeutet das, daß Sie ihr nicht Ihre Küche überlassen wollen. Und wie sehr sie auch versuchen mag, Ihnen zur Hand zu gehen, tief innerlich entsteht in ihr das für eine Mutter so schmerzliche Gefühl, einfach

IM WEG ZU SEIN.

Doch wie sollen Sie sich dann für eine Unterkunft entscheiden?
Überhaupt nicht.
So wie die Nationen dieser Erde ihre Grenzen zwölf bis hundert Seemeilen von ihrer Küste entfernt ziehen, beanspruchen auch Mütter ein bestimmtes Hoheitsgebiet. Dieses nennt man

DAS ACHTZIG-MEILEN-NABELSCHNUR-TERRITORIUM,

und es besagt: Wenn Sie Ihren Fuß auf ein Fleckchen Erde im Umkreis von achtzig Meilen vom Heim Ihrer Mutter entfernt setzen und sie davon weiß, ist es eine Selbstverständlichkeit, daß Sie auch bei ihr übernachten werden. Natürlich hat es wenig Sinn, mit Ihren sieben Kindern in dem kleinen Campingwagen Ihrer Mutter unterkommen zu wollen, aber zweifeln Sie keine einzige Minute lang daran, daß Ihre Mutter darauf bestehen wird, wenigstens einige der Kinder bei sich unterzubringen.

Für den Fall, daß all die zarten Hinweise und Gründe, die wir bisher aufgeführt haben, Sie noch nicht davon überzeugen konnten, daß DER BESUCH im Revier Ihrer Mutter stattfinden sollte, mag die folgende Liste Ihnen noch einige zusätzliche Motive verschaffen:

ZUSÄTZLICHE GRÜNDE, IHRE MUTTER ZU BESUCHEN

+ Ihre Kinder haben Schulferien;
+ Sie müssen Ihren restlichen Jahresurlaub nehmen;
+ die Football-Weltmeisterschaft findet zufällig in Los Angeles statt;
+ Sie haben geschäftlich in New Orleans zu tun;
+ Ihre Geliebte hat geschäftlich in New Orleans zu tun;
+ Sie haben einen unbezähmbaren Appetit auf echten Krabbensalat aus Miami;
+ Sie wollten schon immer einmal das Daytona-500-Autorennen sehen;
+ Ihr Sohn muß einen Schulaufsatz über das Raumfahrtzentrum in Cape Canaveral schreiben;
+ Ihre Mutter hat in einem Telefongespräch angedeutet, daß sie ihr Testament ändern will;
+ in Ihrer Gegend wird ein Schneesturm erwartet;
+ die Tochter Ihres Chefs heiratet in Louisville;
+ am Telefon fragte Ihre Mutter plötzlich: »Was versteht man eigentlich unter einem Erbpflichtanteil?«
+ Ihre Wohnung wird renoviert;
+ Sie haben zu Weihnachten einen Satz neuer Golfschläger geschenkt bekommen;
+ Ihr Arzt sagt, Sie hätten einen Vitamin-D-Mangel und bräuchten Sonne;

+ am Telefon fragte Ihre Mutter plötzlich: »Was ist eigentlich eine unwiderrufliche Treuhandschaft?«

+ Sie können im Dorado Beach Hotel in San Juan keine Reservierung bekommen;

+ Ihre Kinder wollen unbedingt nach Disneyland;

+ Ihre Mutter will wissen, ob es möglich ist, einen Testamentsvollstrecker zu feuern;

+ Ihre Tochter will sich mit einem Tscherokesen verloben und möchte, daß Sie seine Eltern im Reservat kennenlernen;

+ Sie würden gern mal Ihr neues Motorboot auf einem Binnengewässer ausprobieren;

+ Ihre Mutter sagt, sie hätte nicht geglaubt, daß es Ihnen etwas ausmachen würde, wenn sie Ihren Schwager als Testamentsvollstrecker einsetzt;

+ Ihre Freundin geht schon zum fünften Mal mit demselben »Bekannten« auf Kur, und Sie werden langsam mißtrauisch.

Wenn einer oder mehrere dieser Gründe zutreffen, so wird dies auch die Entscheidung beeinflussen, WANN der Besuch stattfinden und WIE LANGE er dauern wird. Die Länge des Besuches ist für Ihre Mutter und ihre Bekannten von einer Wichtigkeit, die sich am besten in der altbewährten Goldenen Regel ausdrücken läßt:

WIE LANGE DER BESUCH AUCH DAUERT,
ER WIRD NIE LANG GENUG SEIN.

Womit nun ein lange ersehntes Ereignis auf Sie zukommt:

Die Ankündigung Ihres Besuches

Zuallererst prägen Sie sich bitte folgenden Merksatz ein: RUFEN SIE NIE IHRE MUTTER AN, BEVOR SIE DIE FAHRKARTEN NICHT SICHER IN DER TASCHE HABEN. Für diese Vorsichtsmaßregel gibt es zweierlei Gründe:

a) Sobald die ANKÜNDIGUNG offiziell getätigt worden ist, werden unwiderruflich haufenweise Steine ins Rollen gebracht.

b) Es gibt etwas, das Sie nur um den Preis lebenslänglicher Reue in den BESUCH bei Ihrer Mutter einführen dürfen, und das ist das Element der

ÜBERRASCHUNG.

Sie selbst mögen gegen Überraschungen nichts einzuwenden haben – im Gegenteil, vielleicht finden Sie Überraschungen sogar sehr schön.

Eins jedoch ist sicher:

MÜTTER HASSEN ÜBERRASCHUNGEN,

denn sie fühlen sich nicht überrascht, sondern überrumpelt. Und für eine Mutter gibt es nichts Schlimmeres, als überrumpelt zu werden – denn überrumpelt zu werden, heißt

UNVORBEREITET ZU SEIN.

Von dem Moment der offiziellen ANKÜNDIGUNG an bis zum Beginn der BESUCHS-PHASE muß es Ihr vornehmstes Ziel sein, Ihre Mutter auf alles vorzubereiten,

WAS AUF SIE ZUKOMMT.

Wenn Ihre Mutter zum Beispiel bei der Begrüßung ihre Augen nicht von Ihrer Tochter lassen kann, könnten Sie meinen, das läge daran,

+ daß Ihre Tochter rosa Haare hat,

+ oder daß die Turnschuhe Ihrer Tochter so durchgewetzt sind, daß vorne die große Zehe herausschaut,

+ oder daß Ihre Tochter dazu eine Nonnenkutte trägt.

Doch das ist es nicht, was Ihre Mutter beunruhigt. Was sie tatsächlich stört, ist die Tatsache,

DASS ES IHR NIEMAND VORHER GESAGT HAT.

Dies muß nicht unbedingt Ihr Fehler oder noch nicht einmal das Ergebnis mangelnder Kommunikation sein. Dinge, die für Sie mittlerweile ganz selbstverständlich sind, können von dem Standpunkt Ihrer Mutter aus gesehen eine immense Wichtigkeit annehmen. Viel schlimmer ist jedoch, daß das Verschweigen bestimmter Informationen bei Ihrer Mutter tiefe Kränkungen auslösen kann, denn sie hält noch immer an einem uralten Glaubenssatz fest:

VOR SEINER MUTTER HAT MAN KEINE GEHEIMNISSE.

Deshalb kann es nur in Ihrem eigenen Interesse sein, Ihre Mutter in diesem Stadium auf alles vorzubereiten, was sie unerwartet treffen könnte.

Benutzen Sie GETARNTE ZWECKANRUFE oder Briefe dazu, um sie in der Zeit bis zum eigentlichen Beginn des BESUCHES mit so vielen Informationen zu füttern, wie notwendig sind, um spätere Probleme zu vermeiden.

Unsere Forschungsergebnisse deuten jedoch noch auf einige andere mögliche Komplikationen hin: In den Tagen oder Wochen, die auf die ANKÜNDIGUNG Ihres Besuches folgen, wird Ihre Mutter bis zu Ihrer tatsächlichen Abreise die Abfahrts- und Ankunftszeiten Ihres Zuges oder Fluges noch viele Male mit Ihnen durchsprechen. Dies tut sie aus den folgenden beiden Gründen:

Es ist ihre Art zu fragen: »Kommst du auch wirklich?«
Sie kann es noch gar nicht glauben.

Aufgrund dieser ständigen Wiederholung der Reiseinformationen besteht die große Gefahr von Verwechslungen. Betrachten wir zum Beispiel die folgenden Flugnummern und Ankunftszeiten:
Flugnr. 359, Ankunft 8.10 Uhr
Flugnr. 220, Ankunft 12.30 Uhr
Dies mag auf den ersten Blick einfach erscheinen, auf den zweiten ergeben sich jedoch ungeahnte Risiken. Nehmen wir einmal an, Sie hätten sich für den ersten Flug, Nr. 359, Ankunft 8.10 Uhr, entschieden. Die große Vorfreude Ihrer Mutter über den bevorstehenden BESUCH und die ständige Wiederholung der ganzen Zahlen machen es sehr wohl möglich, daß Ihre Mutter um 3.59 Uhr am Flughafen aufkreuzt, um Sie von Flug Nr. 810 abzuholen. Deshalb:

WÄHLEN SIE NIEMALS FLUGNUMMERN, DIE SICH ANHÖREN KÖNNTEN WIE ANKUNFTSZEITEN.

Zusätzlich raten wir Ihnen dringendst, am Tag vor der Abreise noch einmal mit Ihrer Mutter zu telefonieren und die Ankunftsmodalitäten durchzusprechen – sonst laufen Sie Gefahr, am Ende stundenlang auf Ihrem Koffer am Flughafen zu sitzen, während sie noch seelenruhig durch den Supermarkt schlendert und nach Ihren Lieblingskeksen sucht.

Die OPTIMALE ANKUNFTSZEIT liegt nach unseren Berechnungen zwischen 13 und 15 Uhr. Das gibt Ihnen genügend Gelegenheit, sich für das abendliche Begrüßungsessen zu rüsten, das Ihre Mutter eigens für Sie vorbereitet haben wird.

Obgleich dieses Thema schon bei der ANKÜNDIGUNG Ihres Besuches abgehandelt wurde, wird Ihre Mutter Ihnen auch bei Ihrem allerletzten Telefongespräch vor der Abreise mit Sicherheit noch einmal die bewußte Frage stellen: »Und wie lange kannst du bleiben?« Wie hoch auch immer die Anzahl der Tage, Wochen, Monate oder Jahre, die Sie zur Antwort geben – Sie können sicher sein, daß Ihre Mutter unweigerlich das seufzen wird, was Millionen von Müttern durch alle Jahrhunderte hindurch schon vor ihr geseufzt haben:

Es ist so schön, daß du mich besuchen kommst,
wie schade, daß du nicht länger bleiben kannst!

Vorbereitungen

Für Ihre Mutter hat die *Erwartung* Ihres Besuches oft größere Bedeutung als der BESUCH selber, was in der folgenden Formel ausgedrückt wird:

$$E > W,$$

wobei E = Erwartung, W = Wirklichkeit.

Dafür haben wir zwei Gründe ausmachen können: Erstens ist die Zeit, die sie in Erwartung Ihres Besuches verbringt, normalerweise länger als der eigentliche BESUCH. Zweitens – und dies ist sicherlich der wichtigere Grund – ist Ihre Ankündigung für sie das Signal zu sofortigem Handeln, zum Bündeln aller Energien, zur Konzentration all ihrer kreativen Fähigkeiten.

Mit anderen Worten, sie hat endlich die Gelegenheit, die Dinge anzupacken – und zwar

SOFORT.

Sie kann:

+ üben, den Weg von ihrem Haus zum Bahnhof oder Flugplatz zu fahren,
+ herausfinden, wo der nächste Tennisplatz ist,
+ herausfinden, wo der nächste Golfplatz ist,
+ herausfinden, wer in der Zeit Urlaub macht, falls Sie einen Parkplatz für Ihr Auto brauchen,
+ herausfinden, welche Nachbarn nicht zu Hause sind, um ein freies Apartment zu haben, falls die ganze Familie zu Besuch kommt (soviel Glück auf einmal kann es gar nicht geben!),
+ ihre Bekannten so auf die Abende aufteilen, daß Sie sie alle kennenlernen können,
+ nachschauen, ob die Flasche Wein, die Sie bei Ihrem letzten Besuch nicht ausgetrunken haben, immer noch im Kühlschrank ist,
+ die Erdbeermarmelade aufessen und Ihre Lieblingskonfitüre einkaufen,
+ den Vorrat an Pralinen und Ihren Lieblingskeksen aufstocken,
+ in der Zeitung nach kostenlosen Veranstaltungen für Kinder schauen,
+ überprüfen, ob die Schwimmflügel für die Kleinen noch heil sind,

+ ihren Vorrat an dem ihrer Meinung nach besten Sonnenöl aufstocken,

+ ihre Diät-Cola durch echte ersetzen,

+ ihre Weizenkleie durch Corn Flakes ersetzen,

+ ihren Vorrat an Delikatessen wie Salzstangen, Erdnußflips und Brezeln aufstocken,

+ die Schonbezüge von den Möbeln im Wohnzimmer nehmen,

+ zum Friseur gehen,

+ Klappstühle von den Nachbarn borgen,

+ neue Plastikblumen kaufen,

+ hellere Glühbirnen besorgen.

Um Ihrer Mutter die größtmögliche Befriedigung zu verschaffen und ihr viel Zeit zu geben, all diese Tätigkeiten voll auszukosten, empfehlen wir Ihnen, Ihren BESUCH so früh wie möglich anzukündigen.

Der bekannte Philosoph George Santayana hat einmal – wahrscheinlich am Vorabend eines Besuches bei seiner Mutter – gesagt:

WER SICH AN DIE VERGANGENHEIT NICHT ERINNERN KANN, IST DAZU VERDAMMT, SIE ZU WIEDERHOLEN.

In diesem Sinne geben wir Ihnen folgende Ratschläge zur Vorbereitung des bevorstehenden BESUCHES:

+ packen Sie eine Schachtel Valium ein,
+ packen Sie eine Schachtel Rennie ein,
+ kaufen Sie Geschenke für Ihre Mutter von Ihnen und von den Kindern,
+ suchen Sie aktuelle Fotos von sich zusammen,
+ suchen Sie aktuelle Fotos von Ihren Kindern zusammen,
+ packen Sie alle tragbaren Geschenke ein, die Ihnen Ihre Mutter in den letzten zehn Jahren gemacht hat,
+ entfernen Sie das Marihuana aus Kultur-, Hosen-, Jakken- und Westentaschen,
+ lassen Sie sich Ihre Haare schneiden,
+ packen Sie ein Foto von Ihrer Mutter so ein, daß Sie ihr beim Auspacken erzählen können, Sie würden nie ohne es verreisen,
+ lockern Sie die Fäden eines Knopfes an Ihrer Jacke, damit sie sehen kann, daß Sie immer noch auf ihre Hilfe angewiesen sind,
+ kaufen Sie sich einen weniger gewagten Badeanzug, damit Ihre Mutter unbesorgt mit Ihnen schwimmen gehen kann,
+ bitten Sie Ihre sechzehnjährige Tochter, ihr Diaphragma zu Hause zu lassen,
+ stecken Sie den Brief Ihres Cousins ein, in dem er berichtet, daß die Tante, die geschworen hat, nie wieder einen

Fuß in das Haus Ihrer Mutter zu setzen, vom Stuhl gefallen ist und sich ein Bein gebrochen hat,

+ stecken Sie den Zeitungsartikel ein, in dem berichtet wird, daß die Chemielehrerin, wegen der Sie in der siebten Klasse sitzengeblieben sind, unter dem Verdacht festgenommen wurde, nachts im Schullabor LSD herzustellen,

+ stecken Sie den Zeitungsartikel ein, in dem berichtet wird, daß der Leiter der Theater-AG Ihrer früheren Schule, der darauf bestanden hatte, für die Aufführung von *Der letzte Mohikaner* die Körper der Kinder anzumalen, wegen unzüchtiger Handlungen verhaftet worden ist,

+ verabreden Sie mit Ihrem Partner alle geheimen Handzeichen und Fußtritte unter dem Tisch,

+ stecken Sie alle Zeitungsausschnitte über alte Feinde Ihrer Mutter ein, die mit ihren Kindern Probleme haben.

Geschenke, Teil II

Wenn zwei Eingeborenenstämme zum ersten Mal aufeinandertreffen, ist der allererste Kontakt zwischen den Menschen von größter Wichtigkeit. Geschenkrituale symbolisieren die friedliche Absicht des Besuchers. Dies trifft auf den Flughafen von Miami ebenso zu wie auf das Sepik-Delta in Neuguinea.
Es können zwei Arten von Geschenken unterschieden werden, die Sie für Ihre Mutter bereithalten sollten:

DAS OFFIZIELLE GASTGESCHENK,

das Sie erst dann – und nicht früher – überreichen sollten, wenn Sie in der Wohnung Ihrer Mutter angekommen sind; und

DAS SYMBOLISCHE MITBRINGSEL,

das gleich nach der Ankunft übergeben werden kann und etwa aus folgenden, im Flugzeug oder im Zugrestaurant eingesteckten Gegenständen bestehen könnte:

+ drei Portionsdöschen Kaffeesahne,
+ eine Handvoll Plastiklöffel,
+ vier Salz- und Pfeffertütchen,
+ ein Päckchen gesalzene Erdnüsse,
+ mehrere Erfrischungstücher (eins von jeder Toilette),
+ eine Reiseseife,
+ eine Handvoll verpackter Zuckerwürfel,
+ zwei Tütchen Süßstoff.

Das symbolische Mitbringsel soll zeigen, daß Sie in irgendeiner entlegenen, kalten Ecke der Welt – weit entfernt von Ihrer Mutter – den Sinn für gewisse Werte noch nicht ganz verloren haben.

In bezug auf das OFFIZIELLE GASTGESCHENK gibt es eine eiserne Regel, an die Sie sich *unbedingt* halten sollten.

BRINGEN SIE IHRER MUTTER NIEMALS
LEBENSMITTEL MIT!

Dies würde sie nur auf eine oder gleich alle folgenden Weisen interpretieren:

1. Sie meinen, daß sie es sich nicht leisten kann, für Ihr leibliches Wohl zu sorgen.

2. Sie halten nichts von ihrer Kochkunst.

3. Sie meinen, sie lebe in einem primitiven, abgelegenen, zurückgebliebenen Teil der Welt.

Einige eßbare Dinge jedoch sind von dieser Regel ausgenommen und können getrost als Gastgeschenk mitgebracht werden, da Ihre Mutter sie nicht als »Lebensmittel« betrachtet. Die Grenzen sind dabei oft fließend; daher einige Hinweise:

+ Süßigkeiten in aufwendiger Verpackung sind keine Lebensmittel – vor losen Bonbons hingegen wird gewarnt.

+ Ein Glas Feinschmeckerkonfitüre ist kein Lebensmittel – ein Glas Kaufhausmarmelade sollte es allerdings nicht sein.

+ Feine Kekse in einer nostalgischen Blechbüchse sind keine Lebensmittel – Butterkekse in einer Pappschachtel dagegen sehr.

+ Kleine Dosen geräucherter Austern in einem Korb mit grüner Holzwolle sind keine Lebensmittel – zwei Matjes in Wachspapier kommen jedoch auf keinen Fall in Frage.

+ Ein Döschen bulgarischer Kaviar ist kein Lebensmittel – ein Glas Bratheringe allemal.

+ Eine Flasche Chivas Regal Scotch ist kein Lebensmittel – ein Sechserpack Pils jedoch ist un-mög-lich!

+ Französischer Ziegenkäse ist kein Lebensmittel – von einer Packung Kraft Scheibletten allerdings ist besser abzusehen.

Falls Sie einige dieser eßbaren »Nicht-Lebensmittel« mitgebracht haben, machen Sie sich darauf gefaßt, daß Sie nicht eher in ihren Genuß kommen, bis nicht wenigstens zwei Nachbarn das wertvolle Geschenk gesehen haben.

Und hier noch ein letzter Hinweis: Das OFFIZIELLE GASTGESCHENK braucht weder ausgefallen noch teuer zu sein, denn das eigentliche Geschenk, das Sie Ihrer Mutter bei dieser besonderen Gelegenheit machen, sind

SIE.

Und so endet denn auch die VORBESUCHS-PHASE ganz offiziell genau in dem Moment, in dem Ihre Mutter Sie am Flughafen, am Bahnhof oder am Busbahnhof erspäht hat. Nicht Ihren Partner, nicht Ihre Kinder, sondern ganz allein – SIE.

Alle Träume, Phantasien und Erwartungen, Hoffnungen und Verheißungen der letzten Wochen und Tage stehen nun auf dem Prüfstand, wenn Sie und Ihre Mutter in eine neue Phase treten, nämlich...

Die Besuchs-Phase

Während der ganzen Zeit, die Sie mit Ihrer Mutter verbringen, sollten Sie nur ein Ziel kennen:

SICH MITEINANDER WOHL ZU FÜHLEN.

Und es gibt nur ein Mittel, um dieses Ziel zu erreichen:

KONFLIKTE VERMEIDEN.

Das soll nicht heißen, daß Sie nicht ab und an ein gepflegtes Streitgespräch mit Ihrer Mutter führen können – das bleibt Ihnen natürlich unbenommen.
Ein gepflegtes Streitgespräch mit Ihrer Mutter ist dann gegeben, wenn das, worüber Sie gerade reden – ganz egal, um was es sich gerade handelt –, damit endet, daß Sie die folgende Phrase Ihrer Mutter unbeantwortet lassen:

HABE ICH NICHT RECHT?

In diesem Sinne können wir uns nun dem eigentlichen BESUCH zuwenden – mit anderen Worten, dem Moment, in dem Ihre Mutter Sie gerade in der Menge erspäht hat.

Sie sollten sich darüber im klaren sein, daß die ersten sechzig Sekunden Blickkontakt zwischen Ihrer Mutter einerseits und Ihnen und Ihrer Familie andererseits von grundlegender Bedeutung sind. Mit ziemlicher Sicherheit wird Ihre Mutter einige der folgenden Beobachtungen machen und daraus entsprechende Schlußfolgerungen ziehen:

Sie sind zu dick + Sie sind zu dünn + Ihre Haare sind zu lang + Ihre Haare sind zu kurz + Sie bekommen eine Glatze + Sie sehen müde aus + Sie sehen blendend aus + Ihre Kinder sind zu dick + Ihre Kinder sind zu dünn + die Haare Ihrer Kinder sind zu lang + die Haare Ihrer Kinder sind zu kurz + Sie kauen immer noch an Ihren Fingernägeln + Sie tragen das gleiche Kleid wie bei Ihrem letzten Besuch + Ihre Haarfarbe ist zu auffällig + Ihre Haarfarbe ist zu trist + Ihre Frisur paßt genau zu Ihrem Gesicht + Ihre Frisur paßt überhaupt nicht zu Ihrem Gesicht + Ihre neue Brille ist unmöglich + die Armbanduhr Ihrer Frau ist viel zu extravagant + Sie tragen den Schlips, den sie Ihnen zum Geburtstag geschenkt hat + Sie tragen einen anderen Schlips als den, den sie Ihnen zum Geburtstag geschenkt hat + Ihre Hosen sind zu eng + Ihr Kleid ist zu eng + Ihr Hemd ist zu kurz + Sie tragen keinen BH + Ihre Tochter trägt keinen BH + Ihre Tochter hat rosa Haare + Ihr Sohn hat rosa Haare + Sie haben rosa Haare + Ihre Tochter trägt Lippenstift + Ihr Sohn trägt Lippenstift + die Jeans Ihres Sohnes sind schäbig und zerfetzt + die Schuhe Ihrer Tochter sind durchgelaufen + Ihre Tochter trägt nur einen Ohrring + Ihr Sohn trägt zwei Ohrringe + Ihre Tochter hat sich ihre Nase operieren lassen + Ihr Mann hat ein neues Toupet + das Toupet Ihres Mannes ist viel zu auffällig + Ihr Sohn hat

ist zu kurz du kaust ja immer
noch aber das ist ja dasselbe Kleid
und nicht der Schlips, den ich dir
Armbanduhr muß ja ein Vermögen und deine
Haare trägt keinen Ehering und seine Finger
sind ja ganz gelb die Brille ist unmöglich
warum ausgerechnet rosa dabei könnte ich sch
daß letztes Mal
DU KANNST DIR GAR NICHT VORSTELLEN, WIE SEHR ICH MICH FREUE, DICH WIEDERZUSEHEN!
PRALIN
ALINES

gelbe Nikotinspuren am Finger + Ihre Frau trägt ihren Ehering nicht + Ihr Mann trägt seinen Ehering nicht + Ihre Tochter trägt einen Ehering + Ihre Tochter trägt ein Nonnengewand + Ihre Frau hat sich die Zähne richten lassen + Sie haben ein graues Haar + Sie haben keinen Schnurrbart mehr + Ihr Sohn rasiert sich schon + Sie haben einen schwarzen Rand am Hemdkragen + Ihre Tochter rasiert sich die Beine + Der Mann an der Gepäckabfertigung hat sich die Beine Ihrer Tochter angeschaut + Ihre Tochter hat gemerkt, daß der Mann an der Gepäckabfertigung sich ihre Beine angeschaut hat + irgend etwas ist nicht in Ordnung

Wie viele dieser Beobachtungen sie auch immer machen mag, ob zwanzig oder hundert – auftreten tun sie OHNE AUSNAHME in den ersten sechzig Sekunden des ersten Blickkontaktes.
Dennoch werden Sie von Ihrer Mutter nur einen einzigen direkten Kommentar hören, nämlich:

DU KANNST DIR GAR NICHT VORSTELLEN,
WIE SEHR ICH MICH FREUE,
DICH WIEDERZUSEHEN!

Während der Fahrt vom Flughafen, Bahnhof oder Busbahnhof zum Heim Ihrer Mutter – ob in ihrem Auto, dem Auto ihrer Nachbarn, einem Mietauto, einem Taxi oder einem Bus – raten wir Ihnen nachdrücklich, keinerlei bedeutungsschwere Themen anzuschneiden. Politik, Religion oder pubertäre Sexualität – das mögen Themen sein, die Sie zur Zeit brennend interessieren. Für Ihre Mutter jedoch gibt es in diesem Moment, in dem DER BESUCH offiziell begonnen hat, nur zwei wichtige Dinge auf der Welt:

1. SIE SIND ANGEKOMMEN!
2. SIE SIND MIT IHR ZUSAMMEN!

Jeder Versuch, ein Thema von größerer Bedeutung anzusprechen, wird nur zu Frustrationen, Konflikten und Katastrophen führen (siehe unser Kapitel über DEN UNVERMEIDLICHEN KNALL S. 93). Da sie in diesem Moment nichts für wichtiger halten kann als die beiden oben erwähnten Tatsachen, und da es Ihr Ziel sein sollte, DEN BESUCH für alle Betroffenen so angenehm wie möglich zu gestalten, müssen Sie alle konfliktträchtigen Bereiche so lange wie möglich zu vermeiden suchen.

Folgende Themen sind für ein Gespräch auf dieser ersten Fahrt jedoch völlig unbedenklich und daher empfehlenswert:

+ Wie angenehm der Flug war.
+ Wie sehr die Stewardess Sie an Joan Collins erinnert hat.
+ Daß John McEnroe im selben Flugzeug saß.
+ Daß John McEnroe in der Touristenklasse saß.
+ Daß Ihr Sohn die ganze Unabhängigkeitserklärung auswendig aufsagen kann.
+ Seit wann Sie nichts mehr gegessen haben.
+ Wie sehr Sie sich schon auf ihre Kochkünste freuen.
+ Daß es bei Ihnen zu Hause niemanden gibt, der XYZ (fügen Sie eine Spezialität ein) so gut kochen kann wie sie.
+ Wie grün die Landschaft hier ist.
+ Wie schön es ist, wieder einmal Palmen zu sehen.
+ Alles, was mit Barbra Streisand zu tun hat.

+ Wie nett die letzte Weihnachtsansprache des Präsidenten war.

+ Wie es ihrer Montagabend-Canastagruppe geht.

+ Wie es Ihrer Donnerstagabend-Canastagruppe geht.

+ Was es auf ihrem letzten Wohltätigkeitsbasar zu essen gab.

+ Wie das Wetter hier in den letzten zwei Wochen war.

+ Wie das Wetter in den letzten zwei Wochen bei Ihnen zu Hause war.

+ Welch große Fortschritte Ihre Tochter in der Ballettschule macht.

+ Was für ein langes Gedicht Ihr Sohn beim Schulfest aufgesagt hat.

+ Wer einen Oscar bekommen hat und wer einen hätte bekommen sollen.

+ Alles, was mit Ed Koch zu tun hat.

+ Ob der kleine William eher Prince Charles oder Princess Diana ähnlich sieht.

+ Was für ein wirklich hinterhältiger Schuft J. R. Ewing ist.

+ Wie gut seine Mutter, Mary Martin, singen kann.

+ Wie sehr Liza Minnelli Sie an Judy Garland erinnert.

+ Alles, was mit Operetten zu tun hat.

+ Daß Joan Collins aus dem Denver-Clan am Ende bekommen wird, was sie verdient.

+ Was aus Elizabeth Taylors letztem Ehemann geworden ist.

+ Was aus Elizabeth Taylors vorletztem Ehemann geworden ist.

+ Was wohl aus Prinz Andrews früherer Freundin Koo geworden ist.

+ Was Koo überhaupt für ein Name ist.

+ Wie viele McDonalds es hier gibt.

+ Wie herrlich grün alles vor dem Haus Ihrer Mutter ist.

+ Wie echt die Flamingos vor dem Haus Ihrer Mutter aussehen.

+ Wie prächtig die Blumen vor dem Haus Ihrer Mutter gediehen sind.

+ Wie praktisch es ist, immer einen Parkplatz vor dem Haus zu haben.

+ Wie kurz Ihnen die Fahrt vorkam.

Obgleich die folgenden Themen scheinbar nicht bedeutungsschwer sind, beinhalten sie im Keim die Möglichkeit einer Katastrophe und sollten daher unter allen Umständen vermieden werden:

THEMEN, DIE SIE VERMEIDEN SOLLTEN	UND WARUM
+ Das Essen im Flugzeug	+ Sie wird denken, Sie hätten schon gegessen.
+ Das schöne Wetter zu Hause	+ Sie wird denken, Sie würden es schon bereuen, gekommen zu sein.

+ Das regnerische Wetter hier	+ Sie wird denken, es sei ihre Schuld.
+ Daß Mick Jagger im gleichen Flugzeug war	+ Sie weiß vielleicht nicht, wer das ist, und wird sich dumm vorkommen.
+ Daß Sie so lange auf Ihr Gepäck warten mußten	+ Sie wird denken, es sei ihre Schuld.
+ Wie unkompliziert die Reise war	+ Warum kommen Sie dann nicht öfter?
+ Wie umständlich die Reise war	+ Sie wird denken, daß Sie es schon bereuen, gekommen zu sein.
+ Der letzte Lottogewinner	+ Sie wird denken, Sie seien in finanziellen Schwierigkeiten.
+ Wie viel in ihrer Umgebung gebaut worden ist	+ Das zeigt nur, wie lange Sie schon nicht mehr da waren.
+ Wie gut der Tapetenwechsel tut	+ Sie wird denken, Sie hätten Probleme zu Hause.
+ Jemand, den Sie während Ihres letzten Besuches kennengelernt haben	+ Wahrscheinlich hat sie sich mit ihm längst überworfen.
+ Wie gut Cary Grant oder Bob Hope für ihr Alter aussehen	+ Sie wird denken, Sie wollten ihr damit einen Wink geben.
+ Die Scheidung irgendeines Prominenten	+ Sie wird denken, Sie wollten ihr damit einen Wink geben.
+ Der Film *Schneewittchen und die sieben Zwerge*	+ Sie könnte sich schuld daran fühlen, daß Sie so klein sind;

	außerdem stellt der Film sieben Männer dar, die mit einer jungen Frau zusammenleben.
+ Wie oft Sie und Ihre Frau essen gehen	+ Sie wird denken, Sie seien verschwenderisch oder Ihre Frau könne nicht kochen.
+ Irgendwelche abfälligen Bemerkungen über Barbra Streisand	+ Barbra Streisand kann einfach nichts falsch machen.
+ Wie sehr andere Häuser (außer ihrem) an Wert zugenommen hätten	+ Sie wird denken, sie hätte auch einen besseren Kauf machen können.
+ Daß Sie mit jemandem zu Hause ein nettes Gespräch hatten, den sie noch nie leiden konnte	+ Sie wird denken, Sie hätten sie verraten.
+ Daß Sie Ihren Rückflug noch bestätigen lassen müssen	+ Sie denken wohl jetzt schon an die Heimreise!?
+ Wieviel Arbeit Sie auf Ihrem Schreibtisch erwartet, wenn Sie nach Hause kommen	+ Sie denken wohl jetzt schon daran, früher heimzufahren!?
+ Daß Sie Ihren Mann anrufen müssen, daß Sie gut angekommen sind	+ Ihre Mutter kann Sie aber auch nie ganz für sich alleine haben.
+ Ein Restaurant in ihrem Wohnort	+ Sie wird denken, Sie mögen ihr Essen nicht.
+ Der Job Ihrer Frau	+ Sie wird sich Sorgen

	machen, ob Sie nicht genug verdienen.
+ Ihre Sterilisation	+ Sie wird denken, das sei die Idee Ihrer Frau.
+ Die Sterilisation Ihres Mannes	+ Sie wird denken, er hätte das nur getan, um fremdzugehen.
+ Die Allergien Ihrer Kinder	+ Sie wird denken, sie hätten sie von ihr geerbt und es sei alles ihre Schuld.
+ Die Zahnspangen Ihrer Kinder	+ Sie wird denken, sie hätten die schlechten Zähne von ihr geerbt und es sei alles ihre Schuld.
+ Die Kontaktlinsen Ihrer Tochter	+ Sie wird denken, es sei ihre Schuld.
+ Die Sterilisation Ihres Hundes	+ Sie wird denken, es sei ihre Schuld.
+ Daß Ihre Kinder ins Sommerlager fahren	+ Warum können sie die Ferien nicht bei ihr verbringen?
+ Daß Sie sich ein Sommerhäuschen kaufen wollen	+ Warum können *Sie* die Ferien nicht bei ihr verbringen?

Herzlichen Glückwunsch! Nach einer angenehmen Fahrt vom Flughafen, Bahnhof oder Busbahnhof sind Sie nun ganz offiziell

ZU HAUSE!

Sprachgebrauch

Sie haben soeben die Welt Ihrer Mutter – ihr Haus, ihre Umwelt – betreten und werden es auch bald mit ihren Nachbarn zu tun bekommen. Doch müssen Sie sich darauf gefaßt machen, daß in dieser anderen Welt auch eine andere Sprache gesprochen wird.

Und wenn Sie Ihre Kinder mitgebracht haben, werden Sie öfter den Dolmetscher spielen müssen, denn ihnen wird diese andere Sprache erst recht unverständlich sein.

Zur besseren Vorbereitung auf die zu erwartenden Schwierigkeiten geben wir Ihnen im folgenden eine kurze Übersicht über die verschiedenen Sprachphänomene.

WORTE, DIE IHRE MUTTER UND IHRE BEKANNTEN GEBRAUCHEN, DIE SIE VERSTEHEN, JEDOCH NICHT GEBRAUCHEN UND VON DENEN IHRE KINDER NOCH NIE ETWAS GEHÖRT HABEN:

Sommerfrische	Bürstenschnitt	Neger
Adamskostüm	Galoschen	Stelldichein
Tintenfaß	Anstandsbesuch	Knickerbocker
Liaison	Quetschkommode	kosen
Grammophon	mal austreten müssen	Familienschmuck
poussieren	Nietenhosen	Haartolle
Kohlenklau	Kleppermantel	Miederhose
Strumpfband	Scheibenkleister	Waschzuber
Schwerenöter	Chaussee	Vehikel
Tunke	Fräuleinwunder	Abort
Straps	unbotmäßig	Überzieher
Kommißbrot	Matrosenanzug	Spülstein
Rosinenbomber	Dirne	Lastexhosen

Mit einer vorher gepaukten Vokabelliste dieser Art werden Sie in der Lage sein, den Nachmittag zu überstehen, wenn die Bekannten Ihrer Mutter zum Tee kommen.

WORTE, DIE SIE GEBRAUCHEN, DIE IHRE KINDER VIELLEICHT VERSTEHEN, VON DENEN IHRE MUTTER WAHRSCHEINLICH ABER NOCH NIE ETWAS GEHÖRT HAT:

Altbierbowle	Walkman	Diskette
Mikrowelle	New Wave	Wassermannzeitalter
Adidas	Big Mäc	Dreifaches Oversampling
Videothek	CD	Lotussitz
Digitalaufnahme	Breakdance	Selbsterfahrungsgruppe
Jobben	Megabyte	WG
Ökoschwein	Legwarmers	MFG (gegen BKB)

Bitte bedenken Sie, daß der unvorbereitete Gebrauch dieser und ähnlicher Worte in Gegenwart Ihrer Mutter bei ihr unangenehme Gefühle hervorrufen und ihr den Eindruck vermitteln kann, »nicht mehr mitzukommen«. Daher ist es wichtig, daß Sie diese Worte auf solche Art und Weise bei ihr »einführen«, daß sie nicht das Gefühl bekommt, als wäre sie die letzte Person auf Erden, die davon eine Ahnung haben könnte. Selbst wenn Sie schon seit Jahren mit dieser »Neuigkeit« vertraut sind – geben Sie ihr das Gefühl, es mit ihr gemeinsam zu entdecken. Sie können sicher sein, innerhalb von vierundzwanzig Stunden wird sie zu ihrer Nachbarin sagen:

ZU SEINEM NÄCHSTEN GEBURTSTAG WERDE ICH MEINEM KLEINEN ENKEL EINE DIGITALAUFNAHME FÜR SEIN GRAMMOPHON SCHENKEN.
EINE DIGI WAS...?
majzlin

FOLGENDE WÖRTER KÖNNEN EINIGE VERWIRRUNG STIFTEN, DA SIE BEI ALLEN BETEILIGTEN IM GEBRAUCH SIND, DOCH JEWEILS EINE VÖLLIG ANDERE BEDEUTUNG HABEN:

Gras	geil	Schnee	Kohle	Nummer	Koks
Dröhnung	bumsen	Mieze	Knete	Piste	Braut
wichsen	ätzend	ticken	schrill	Vibrationen	scharf
Pariser	Hamburger				

KOMMENTARE, DIE IHRE MUTTER IN HÖRWEITE DER PERSON, FÜR DIE SIE BESTIMMT SIND, FALLENLÄSST, OHNE DIESE PERSON DIREKT ANZUSPRECHEN (WOMIT SIE GLAUBT, IHREN GEDANKEN AUSDRUCK ZU GEBEN, OHNE JEMALS DAFÜR VERANTWORTLICH GEMACHT ZU WERDEN):

+ Während Sie im Wohnzimmer sitzen, hören Sie aus der Küche: »Wäre das nicht schön, wenn jemand den Müll rausbringen würde?«

+ Während Sie im Supermarkt in einer nur sehr langsam vorrückenden Schlange stehen: »Manchen Leuten scheint es wirklich egal zu sein, wie lange sie einen warten lassen.«

+ Während Sie mit Ihrer Mutter auf dem Weg ins Kino von einem Polizisten angehalten werden und er Ihren Führerschein durchblättert: »Es ist erstaunlich, daß manche Leute einfach nie da sind, wenn man sie mal *wirklich* braucht.«

Unmittelbar nach dem Überschreiten der Schwelle im Heim Ihrer Mutter und dem Abschluß der offiziellen Begrüßungszeremonie kann Ihre Mutter nun den ersten Schritt zu einer langen Reihe von Aktivitäten unternehmen, die alle darauf abzielen,

ETWAS FÜR SIE ZU TUN.

Der allererste Schritt wird aus der Frage bestehen:

BIST DU HUNGRIG?

Antworten Sie nicht: »Ja, ich sterbe vor Hunger.« Ihre Mutter, die sich immer noch mitten in den Vorbereitungen für das große Essen befindet, das sie für den Abend geplant hat, wird sonst das Gefühl bekommen, sie könne Ihre Bedürfnisse nicht stillen.
Antworten Sie jedoch auch keinesfalls: »Nein, es geht, danke.« Denn in diesem Fall bringen Sie sie um die Möglichkeit, etwas FÜR SIE ZU TUN.

Die richtige Antwort, die Ihre Mutter zutiefst zufriedenstellen wird, lautet vielmehr:

HM, EINE KLEINIGKEIT KÖNNTE ICH SCHON ESSEN...

Diese Antwort ist ideal, denn Ihre Mutter kann nun überglücklich in ihre Küche schreiten und Sie mit einer kleinen Köstlichkeit überraschen, ohne Ihren Appetit für das große Begrüßungsessen in Mitleidenschaft zu ziehen.

Wenn Sie Ihre Kleinigkeit aufgegessen haben, können Sie damit beginnen, Ihre Sachen auszupacken und sich einzurichten. Vor allen Dingen:

HÄNGEN SIE IHRE SACHEN IN DEN KLEIDERSCHRANK.

Mit dieser kleinen Geste können Sie ihr versichern, daß Sie wirklich bleiben wollen.
Nach dem Auspacken empfehlen wir die Übergabe des

OFFIZIELLEN GASTGESCHENKS,

das, wenn es sorgfältig (und entsprechend unseren Ratschlägen auf den Seiten 49/50) ausgewählt wurde, eine erfreute Reaktion und die unvermeidliche Aussage hervorrufen wird:

ABER DAS WÄRE DOCH WIRKLICH NICHT NÖTIG GEWESEN!

Kurze Zeit danach wird Ihre Mutter – obwohl Sie Ihre aus vier Gängen bestehende Kleinigkeit noch gar nicht verdaut haben – erscheinen und Ihnen mitteilen, daß es fertig sei, ...

Um welche Uhrzeit es auch immer stattfindet, es folgt in fast allen Fällen dem gleichen Muster, auf das sich vorzubereiten recht hilfreich sein könnte. Zunächst beginnt es stets mit der gewagten Behauptung:

DAS ESSEN IST FERTIG.

Nachdem alle Beteiligten ihre Plätze eingenommen haben, könnte man mit Fug und Recht davon ausgehen, daß das Essen unmittelbar beginnen könnte – wenn nicht noch etwas Entscheidendes fehlen würde: Es steht kein Essen auf dem Tisch.
Durchschnittlich vergehen bei solchen Anlässen 5 bis 7 Minuten, bis das Essen endlich vor Ihnen steht. Diese Tatsache erklärt sich daraus, daß Ihre Mutter

DEN AUGENBLICK AUSKOSTET.

Endlich kommt das Essen doch, und Sie sind drauf und dran, tüchtig reinzuhauen, als Ihnen auffällt, daß Ihre Mutter gar nicht mit am Tisch sitzt. Aus der Küche hören Sie folgenden Ausruf:

FANGT SCHON MAL OHNE MICH AN –
DAS ESSEN WIRD SONST KALT.

Wenn sich Ihre Mutter nach einigem Hin- und Herlaufen endlich ebenfalls am Tisch niederläßt, scheint sich auf demselben genug zu befinden, um die ganze napoleonische Armee zu verpflegen. Dies beruht auf einem Phänomen, das unter der folgenden Bezeichnung bekannt ist:

DAS KLEINSTE MÜTTERLICHE VIELFACHE:
$D = (M + 3) \times 4$

Das bedeutet: Wenn Ihre Mutter weiß, daß insgesamt vier Leute zum Essen da sein werden, macht sie einen Rinderbraten für vier Personen.
Für den Fall, daß jemand Appetit auf eine zweite Portion haben könnte, macht sie einen Rinderbraten für acht.
Für den Fall jedoch, daß jemand überhaupt keinen Appetit auf Rinderbraten hat, brät sie zusätzlich noch ein Hähnchen.
Da es aber nicht schön aussieht, wenn man nur genug Hähnchen für eine Person auf den Tisch stellt – es könnte schließlich noch jemand Appetit darauf haben –, macht sie Hähnchen für vier Personen.
Und für den Fall, daß noch jemand davon eine zweite Portion möchte (und wenn niemand das möchte, dann heißt das, daß man entweder ihre Kochkünste nicht schätzt oder sich vor der Ankunft den Magen vollgeschlagen hat), muß sie logischerweise Hähnchen für acht Personen machen.
Und so kommt es, daß eine Mahlzeit für vier Personen sechzehn sattmachen kann.
Und so kommt es auch, daß Ihre Mutter, egal wieviel man in sich hineingestopft hat, vor dem Abräumen aufstehen und unweigerlich dabei seufzen wird:

ABER IHR HABT JA KAUM ETWAS ANGERÜHRT!

Während des Essens werden Sie vielleicht das Gefühl haben, daß die Unterhaltung etwas einseitig ausfällt. Das liegt daran, daß Ihre Mutter das Essen speziell für Sie vorbereitet hat und der Meinung ist, daß keine Mahlzeit komplett ist ohne sprühende

ABER IHR HABT JA KAUM ETWAS ANGERÜHRT!

Deshalb wird sie, während Sie die Vorzüge ihrer kulinarischen Künste genießen, die Zeit zu ihrer eigenen Talkshow nutzen. Und als Gast dieser Talkshow werden Sie Ihre Antworten auf die Höflichkeitsskala von

ICH HABE KEINE AHNUNG
bis
DAS IST ABER NETT

beschränken. Es folgt nun eine Auswahl der Aussagen, mit denen Sie sich in diesem Stadium konfrontiert sehen können:

+ Hast du noch mal was von Lorraine Caminetti gehört, dem kleinen süßen Mädchen, mit dem du zum Schulball gegangen bist?

+ Ich dachte, es würde dich interessieren, daß deine Cousine Gwendolyn mit ihrem dritten Mann sehr glücklich zu sein scheint – jedenfalls nach dem, was ich gehört habe.

+ Dein Cousin Alfred hat letzten Monat in Milwaukee zufällig Tom Wiggens auf einem Ärztekongreß getroffen, und Tom hat gefragt, was du jetzt so machst.

+ Warum meldest du dich eigentlich nicht mehr bei deiner Cousine Amanda?

+ Was ist eigentlich aus Farley geworden, dem Jungen, den du im ersten Semester über Thanksgiving mit nach Hause gebracht hast? Das war so ein arroganter Typ.

+ Erinnerst du dich noch an Mary Ellen Kilbride, das hübsche Mädchen, das in der gleichen Straße wohnte wie wir und mit der du dich mal verabreden wolltest? Sie ist schon wieder schwanger.

+ Habe ich dir schon erzählt, daß die Frau unten vom Kiosk meint, du würdest aussehen wie Richard Dreyfuss?

+ Weißt du noch, ich habe dir doch mal erzählt, daß deine Cousine Herbie heiraten und keinen von uns einladen wollte? Das Ganze ist sowieso geplatzt.

+ Hast du den Sohn meiner Nachbarin neulich im Fernsehen gesehen? Er war Statist beim »Denver-Clan«. Normalerweise arbeitet er als Kellner in einem Spezialitätenrestaurant in Los Angeles, und letzte Woche hat er Telly Savalas Käsekuchen serviert.

+ Du wirst nie raten, was es zum Nachtisch gibt!

Unsere Forschungsergebnisse weisen darauf hin, daß das Gespräch während des restlichen Abends auch dann, wenn es die unschuldigsten Themen berührt, äußerst heikel sein kann. Innerhalb von fünfundzwanzig Sekunden können Sie von der schönsten Harmonie in einen durch nichts mehr aufzuhaltenden Streit geraten und keine Ahnung haben, wie es überhaupt dazu gekommen ist. Später, wenn Sie im Bett liegen und über die Ereignisse des Abends nachdenken, geht Ihnen nur noch ein einziger Satz durch den Kopf:

ICH VERSTEHE DAS NICHT – ICH HABE DOCH NUR GESAGT, DASS …

+ es ganz in Ordnung ist, wenn Cousine Becky mit ihrem Freund Homer zusammenwohnt, auch wenn die beiden nicht heiraten wollen;

+ heutzutage nichts dagegen einzuwenden ist, wenn Sechzehnjährige am Samstag bis 1 Uhr nachts ausbleiben;

+ ich glaube, die Farbe Braun könne man sowohl für seine Wohnung als auch für sein Büro verwenden;

+ ich nicht einsehe, warum ein Sofa immer an der längsten Wand stehen muß;

+ ich nicht verstehe, warum du meinst, daß jeder, der nach Rezepten kocht, ein unkreativer Mensch sein muß;

+ es nicht unbedingt schlecht ist, seine Kinder zu verwöhnen;

+ man nicht mehr als ein paarmal in der Woche Fleisch essen sollte;

+ einige Tiefkühlgerichte gar nicht so übel schmecken;

+ deine Nachbarn einen recht netten Eindruck machen.

Vielleicht werden Sie den Grund für den Streit nie erfahren. Auf jeden Fall aber müssen Sie vor dem Schlafengehen alles unternehmen, um wieder Frieden herzustellen. Obgleich Sie noch vor wenigen Augenblicken geschworen haben, so satt zu sein, daß Sie die nächsten vierzehn Tage keinen Bissen mehr runterkriegen würden, schlagen wir vor, daß dies der richtige Augenblick dafür ist, Ihre Mutter zu fragen, was sie als

vorgesehen hat.
Mit dieser Taktik wird es Ihnen hoffentlich gelingen, Ihre Mutter abzulenken, die Wogen zu glätten und allen Beteiligten eine ungestörte Nachtruhe zu ermöglichen.

Der erste Morgen

Am ersten Morgen im Haus Ihrer Mutter sollten Sie – mit etwas Glück – ausgeruht und erfrischt sein. Erst wenn Sie geduscht und das Wasser ausgestellt haben, werden Sie wieder an gewisse Hausregeln erinnert werden, die in Ihrem eigenen Zuhause nicht gelten mögen:

BENUTZEN SIE NICHT DIE HANDTÜCHER,
DIE SIE SEHEN.

BENUTZEN SIE NICHT DIE SEIFE,
DIE SIE SEHEN.

Obgleich mindestens ein Dutzend Handtücher verschiedener Größe und Farbe überall an verschiedenen Haken und Ösen hängen und mindestens ein Dutzend farblich dazu abgestimmter Seifenstücke sorgfältig in Seifendosen und bemalten Muscheln über das ganze Badezimmer verteilt sind – sie sind nur zur Dekoration bestimmt.
Sie sollten wissen, daß ganz besonders Sie natürlich gerne alles im Haus Ihrer Mutter benutzen sollen. Diese Handtücher und Seifen jedoch sind nie dazu bestimmt gewesen, von Menschenhand berührt zu werden.
Ihr Handtuch finden Sie in dem Schränkchen unter dem Waschbecken, mindestens zwei Meter von der Dusche entfernt. Und die Seife, die Sie gerade hätten benutzen sollen, befindet sich in einer Ecke des Arzneischränkchens über besagtem Waschbecken.

Während Ihre Mutter das Frühstück vorbereitet, haben Sie Zeit, mit einer Tasse Kaffee in der Hand durch die Wohnung zu schlendern. Dabei werden Sie sich an allen Ecken und

Enden daran erinnert fühlen, daß es sich bei Ihrer Gastgeberin nicht nur um Ihre Mutter handelt, sondern zugleich um die Vorsitzende des

VEREINS ZUR AUFBEWAHRUNG ALLER GEGENSTÄNDE, DIE JE ETWAS MIT IHREM LEBEN ZU TUN GEHABT HABEN:

+ Ihr Babyarmbändchen aus dem Krankenhaus,
+ ein Foto von Ihrem ersten Haarschnitt,
+ ein Foto von Ihrem ersten Ponyritt,
+ Ihre ersten Babyschuhe,
+ ein Foto von Ihrem ersten Schultag,
+ ein Foto von Ihrem letzten Schultag,
+ ein Foto von den Mitwirkenden bei der Schulaufführung von *Unsere kleine Stadt*,
+ ein Foto von der ganzen Familie bei Cousine Gwendolyns erster Hochzeit,
+ ein Bild von Ihnen in der ersten weißen Smokingjacke mit Lorraine Caminetti auf dem Schulball,
+ ein Lesezeichen aus Leder, das Sie selbst gebastelt und ihr zum Muttertag geschenkt haben,
+ eine Trillerpfeife, die Sie als Schiedsrichter der Fußball-Schulmannschaft benutzt haben,
+ ein Foto vom Kindergartenfasching mit Ihnen als Wolf und Suzie Fidler als Rotkäppchen,

+ eine Nahaufnahme von der Riesenforelle, die Sie eines Sommers in der Nähe des Ferienhäuschens gefangen haben,

+ ein Foto von Ihnen vor dem Eiffelturm,

+ Ihre Urkunde für den zweiten Platz bei einem Lesewettbewerb,

+ ein Foto von der ganzen Familie am zwanzigsten Hochzeitstag Ihrer Eltern,

+ ein Foto von Ihnen in roten Shorts auf einem Picknick am Unabhängigkeitstag,

+ ein Bild von Ihnen und Ihren Kindern neben einem Maultier am Grand Canyon,

+ Ihr offizielles Hochzeitsfoto,

+ ein Bild von Ihnen und Cousine Gwendolyn in Acapulco,

+ ein Foto von Cousine Gwendolyns zweiter Hochzeit,

+ ein Schnappschuß von Ihnen und Ihren Freundinnen an Ihrem sechzehnten Geburtstag,

+ ein Bild von Ihnen, wie Sie Ihr Kind an seinem ersten Geburtstag mit Kuchen füttern,

+ ein Foto von Ihrer Tochter, wie sie mit Ihrem Vater am vierzigsten Hochzeitstag Ihrer Eltern tanzt,

+ ein Foto von Ihrem Sohn auf der Bühne der Schulaula mit einem kleinen Zettel: »Vielen Dank für die Stepptanzschuhe, Oma, ich war der Star des Abends.«

Egal um welchen Tag Ihres Besuches es sich handelt, die Pläne für den Tag werden immer am Frühstückstisch gemacht.
Sowie Sie den Frühstückstisch erspäht haben, werden Sie unverzüglich bemerken, daß

ES KEIN EINZIGES FREIES FLECKCHEN DARAUF GIBT.

Das liegt daran, daß das Frühstück bei Ihrer Mutter eine Mahlzeit mit nur einem Gang ist, die aus allem besteht, was der Kühlschrank hergibt – mit Ausnahme der Reste vom Abend zuvor, versteht sich. Und trotz des stattlichen Aufgebots an Lebensmitteln vor Ihrer Nase wird Ihre Mutter unbemerkt neben Sie treten und fragen

UND WAS KANN ICH DIR ZUM FRÜHSTÜCK ANBIETEN?

Die Antwort auf diese Frage ist so gut wie unbedeutend. Nicht nur, daß Ihr Teller voll genug sein wird, um drei starke Esser satt zu machen; auch für den Fall, daß Sie ihr klarmachen, daß Sie wirklich keine Eier möchten, wird sie wahrscheinlich erwidern:

ICH MACHE TROTZDEM WELCHE – IRGEND JEMAND WIRD SIE SCHON ESSEN!

Während Sie Platz nehmen, werden Sie außerdem merken, daß Ihre Mutter den Frühstückstisch so arrangiert hat, als hätte sie ihre eigene Version des Videospiels Space Invaders

entworfen: Sobald Sie einen Teller geleert haben, nimmt ein anderer, voller, seinen Platz ein. Und je schneller Sie essen, desto schneller ist ein voller Teller da.
Während Sie sich gerade den letzten Bissen Ei herunterwürgen (das Sie eigentlich von Anfang an nicht haben wollten), können Sie sicher sein, daß Ihre Mutter fragen wird:

UND WAS MÖCHTEST DU HEUTE ZUM MITTAG ESSEN?

Unsere Forschungsergebnisse deuten darauf hin, daß es – egal, wofür Sie sich entscheiden – fast alles beinhalten wird, was jetzt zurück in den Kühlschrank wandert.
Ungefähr zu diesem Zeitpunkt wird sich Ihre Mutter danach erkundigen, was Sie den Tag über unternehmen wollen. Bitte bedenken Sie, daß es sich zwar so *anhört*, als hätten Sie den ganzen Tag zur Verfügung, ein großer Teil aber dafür draufgehen wird, sie zum Einkaufen zu begleiten.

Einkaufen

Das Einkaufen mit Ihrer Mutter dient nicht nur dem Zweck, ihre Schränke und Kühlschränke wieder aufzufüllen: Für sie bedeutet es zugleich die Gelegenheit, Ihnen zu zeigen, daß es alles das, was es bei Ihnen zu Hause gibt, auch dort gibt, wo sie wohnt.
Wir sind sicher, daß Ihnen wahrscheinlich einige Sachen einfallen werden, die es in der Umgebung Ihrer Mutter nicht gibt.
Wir empfehlen Ihnen, sie nicht zu erwähnen.

Wenn Sie meinen, Ihre Mutter kenne sich in ihrer Umgebung aus, beobachten Sie sie bei ihrem Manöver durch ihren Lieblingssupermarkt. Während Sie den Einkaufswagen schieben, wird sie Ihnen stolz den Weg weisen und Sie an den zahllosen Inseln dieses kaufmännischen Archipels vorbeilotsen. Und wie ein indianischer Pfadfinder, der einen fremden Entdecker durch unbekannte Gewässer steuert, wird es ihr großes Vergnügen bereiten, Sie auf alles aufmerksam zu machen, was vor Ihnen ausgebreitet liegt. Bitte, haben Sie Verständnis dafür, daß dort zwar vielleicht 5792 verschiedene Artikel erhältlich sein mögen, Ihre Mutter aber normalerweise nicht mehr als 40 davon kauft. Es liegt eben ein gewisser Stolz darin, wenn sie auf all die anderen 5752 hinweisen kann, denn

FALLS MAN SIE BRAUCHT, SIND SIE DA.

Es gibt noch einen anderen Grund, warum Sie mit Ihrer Mutter einkaufen gehen müssen. Sie möchte Ihnen nämlich folgendes klarmachen:

WENN DAS EINKAUFSZENTRUM DIE FOOTBALL-WELTMEISTERSCHAFT WÄRE, DANN WÄRE SIE DER STARTRAINER.

Ihr großer Moment ist gekommen, wenn sie Ihnen die anderen Mitglieder ihrer Super(markt)mannschaft vorstellen kann.

Wenn Sie also in die Fleischabteilung kommen, wird sie Sie mit ihrem ganz persönlichen Fleischer, Rudy, bekannt machen – einem Künstler, dessen Medium das zarte Kalbfleisch ist, der dem Wort »mager« eine neue Bedeutung verleiht und der mit einer besonders netten Frau aus Akron, Ohio, verheiratet ist, einen gutaussehenden Sohn hat, der irgendein College in North Carolina besucht, und eine sechzehnjährige Tochter, die ihm nichts als Kummer bereitet.

Nachdem Ihre Mutter Sie vorgestellt hat, werden Sie weiter zum Delikatessenstand hinüberschlendern, wo Sal nicht nur mit beredten Worten seinen Kartoffelsalat, seine Peperoni und seine frische Mozzarella anzupreisen versteht, sondern Sie auch – nur weil es sich um Ihre Mutter handelt – von allen Köstlichkeiten an seinem Tresen kosten läßt. Während Sie noch vor sich hin kauen und Ihre Mutter auf den Räucherlachs zeigt, von dem sie einige Scheiben kaufen will, erkundigt sie sich nach dem Gesundheitszustand von Sals Ehefrau Angelina (einer Friseuse), seinem Sohn Anthony (dem Theologiestudenten), seinem zweiten Sohn Sal Junior (dem Buchhalter) und Angelinas Mutter (die seit fünfzehn Jahren bei ihnen lebt).

Zu guter Letzt werden Sie noch Gladys vorgestellt, der für Obst und Früchte zuständig ist und, was Ihre Mutter angeht, einen untrüglichen Riecher für Frische und Qualität besitzt. Gladys nimmt Ihre Mutter beiseite und murmelt ihr zu, ja die Finger von den Auberginen zu lassen. Aus lauter Dankbarkeit kauft Ihre Mutter dann doppelt so viele Gur-

ken wie sie eigentlich braucht, obwohl sie doch weiß, daß sie davon nur Blähungen bekommt.
Am Obst- und Gemüsestand bietet sich Ihnen dann auch die Gelegenheit, auf einfache, doch wirkungsvolle Weise die wahre Fachkenntnis Ihrer Mutter zu loben und zu preisen.
Wir empfehlen Ihnen, nach der nächstbesten Honigmelone zu greifen, sie kurz zu befühlen und sie dann Ihrer Mutter mit den folgenden Worten hinüberzureichen:

WAS HÄLTST DU VON DIESER MELONE, MUTTER?

Jetzt kann sie Ihnen die braune Stelle auf der anderen Seite zeigen, Ihnen erklären, sie sei völlig überreif und wahrscheinlich noch nicht einmal richtig süß. Nachdem sie das verschmähte Exemplar Gladys, der Spürnase, übergeben hat, wird Ihre Mutter im Melonenhaufen wühlen und kurze Zeit später mit dem Gewinner wieder auftauchen, der Gladys die Bemerkung entlockt:

NA, WENN DAS KEINE HONIGMELONE IST!

Da Sie nun verstehen, warum ein großer Teil des Tages für den gemeinsamen Einkaufsbummel mit Ihrer Mutter ausgebucht ist, sind Sie besser gerüstet, den Rest des Tages mit ihr zu planen.
Ihre Mutter wird Ihnen eine ganze Latte von Unternehmungen und Sehenswürdigkeiten in der Umgebung vorschlagen.
Wir legen es Ihnen ans Herz, sich ALLE Vorschläge anzuhören, bevor Sie auf EINEN derselben reagieren:

+ ein Feuerwehrfest mit Gulaschkanone,

+ eine Ausstellung japanischer Holzdrucke im städtischen Museum,
+ ein Orgelkonzert mit Werken einheimischer Komponisten,
+ eine Volkswanderung zum nächsten Bürgerkriegsschlachtfeld,
+ eine Auktion antiker Serviettenringe,
+ eine Tour durch den Safaripark,
+ ein Besuch im Zoo mit den berühmten marschierenden Flamingos,
+ ein Nachmittag im Palmengarten,
+ ein Ausflug zum Freizeitsee mit Bötchenfahren,
+ ein Besuch auf dem historisch zurechtgemachten Markt mit handwerklichen Vorführungen,
+ eine Hauswarenmesse in der nächstgrößeren Stadt,
+ eine Modenschau für Senioren,
+ ein Tanzabend mit Schlagern aus den 20er Jahren,
+ eine Aufführung von *Antigone* im Staatstheater,
+ das Viertelfinale im städtischen Canasta-Turnier,
+ die Neueröffnung eines Einkaufszentrums mit einer Dixieland-Band,
+ ein Vortrag über Dantes *Göttliche Komödie* und ihre Bedeutung in unserer Zeit,
+ eine Aufführung der örtlichen Laienspielgruppe von *My Fair Lady*,

+ eine Betriebsbesichtigung in einer Porzellanmanufaktur,
+ ein Wasserballettabend am Swimmingpool ihrer Apartmentsiedlung,
+ eine Makramee-Ausstellung in der örtlichen Sparkasse,
+ ein Besuch im Freilichtmuseum einer alten Indianersiedlung,
+ ein Diavortrag über die Vegetation auf dem Mount St. Helens nach dem Vulkanausbruch,
+ eine Karatevorführung vor dem neuesten Kaufhaus mit einer Sonderverkaufsaktion von Sportartikeln,
+ ein Vortrag über die Papyrusrollen vom Toten Meer,
+ eine Filmnacht mit den besten Filmen von Barbra Streisand.

Für welche dieser Unternehmungen Sie sich auch immer entscheiden mögen, wir empfehlen wärmstens, Ihre Mutter dabei so oft wie möglich mit einzuplanen. Schließlich befinden Sie sich immer noch mitten in Ihrem BESUCH.

Wenn Ihre Mutter im Sonnengürtel wohnen sollte und Zugang zu einem Swimmingpool hat, wird sie mehr als entzückt sein, wenn Sie auf gar keinen der Vorschläge eingehen, denn das wird ihr die Gelegenheit geben, den Tag damit zu verbringen, Sie am Swimmingpool vorzuzeigen.

Dort, wo Ihre Mutter lebt, ist der Swimmingpool oft der Ort, wo Informationen ausgetauscht, Neuerwerbungen vorgeführt und die bevorstehenden Besuche der Kinder angekündigt werden. Es ist auch der Ort, wo sie – egal, wie oft Sie schon da waren – Ihr

OFFIZIELLES DEBÜT

geben. Um den Tag am Swimmingpool heil zu überstehen, geben wir Ihnen die folgenden Ratschläge:

LESESTOFF:
Wir empfehlen eine leichte Lektüre, z. B. ein Comic-Heft. Im Laufe des Tages wird Ihre Mutter Sie einem unaufhörlichen Strom von Freunden und Bekannten vorstellen, und so können Sie sich sowieso auf nichts konzentrieren, das mehr Aufmerksamkeit verlangt als ein paar Sprechblasen.

BADEBEKLEIDUNG:
Tanga-Bikinis und superknappe Badehosen sind am Swimmingpool durchaus akzeptabel – solange sie sich nicht am Körper eines Menschen befinden, der mit Ihrer Mutter verwandt ist.
Ihre Mutter könnte darauf bestehen, daß Sie am Swimmingpool ein T-Shirt tragen, denn schließlich weiß sie, »wie gefährlich die Sonne hier sein kann, und du hast ja keine Ahnung!« Tragen Sie keins mit der Aufschrift: »Ohne Koks nichts los.«
Auch mögen Sie sich in Ihrem ausgeblichenen, ausgefransten Lieblingsstrandhemd seit 10 Jahren ausgesprochen

wohl fühlen, in einem Umkreis von 20 Metern wirft ein derart schäbiges Kleidungsstück jedoch auf Ihre Mutter ein äußerst schlechtes Licht. Wir empfehlen Ihnen die dunkelblaue Strandjacke mit den kleinen gelben Fischen drauf, die Ihnen Ihre Mutter bei Ihrem letzten Besuch gekauft hat und die Sie »leider« bei ihr »vergessen« haben.

WEITERE GRUNDREGELN AM SWIMMINGPOOL:

+ Benutzen Sie nur das Sonnenöl, das Ihnen Ihre Mutter gibt. Wenn Sie auch mit der Lotion, die Sie schon seit Jahren benutzen, völlig zufrieden sind – Sie haben viel zuviel dafür bezahlt, und überhaupt: Was wissen die Franzosen schon über die Sonne!?

+ Seien Sie nicht beleidigt, wenn Ihre Mutter Ihnen sagt, daß Sie im Swimmingpool nicht spritzen, schnell schwimmen oder Krach machen dürfen. Mittlerweile sollte Sie das nicht mehr überraschen – auch wenn sie Ihnen das gerade dann erzählt, wenn Sie friedlich auf Ihrem Campingstuhl sitzen und das *Wall Street Journal* lesen.

+ Lächeln Sie und seien Sie liebenswürdig, wenn Ihre Mutter Ihnen einen Nachbarn vorstellt, dessen Sohn Buddy ganz in Ihrer Nähe wohnt, Lebensversicherungen verkauft und es gar nicht abwarten kann, Sie kennenzulernen.

+ Fragen Sie nicht: »Soll das ein Witz sein?«, wenn jeder, dem Sie vorgestellt werden, ausruft: »Wie *schade,* daß Sie nicht länger bleiben können!«

+ Und noch eine letzte Regel: Wenn Sie bestimmte Leute wiedererkennen, die Ihnen von früheren Besuchen her bekannt sind, sagen Sie nichts, bevor Ihre Mutter sie nicht lobend erwähnt hat. Sie werden den Stand ihrer Beziehungen sofort erkennen, wenn Sie Ihre Mutter fragen: »Ist das nicht Mr. Hufnagel dort drüben?« und sie, die Augen fest auf die Zeitung gerichtet, antwortet:

Essen gehen

Während DES BESUCHES wird unweigerlich auch der Tag kommen, an dem Sie mit Ihrer Mutter ein Restaurant besuchen. Das ist nicht das gleiche, wie wenn Sie zu Hause mit Ihrer Frau oder Ihren Freunden essen gehen.
Zunächst einmal gehören die Restaurants in der Umgebung Ihrer Mutter mit zu ihrem ureigensten Revier. Obgleich sie keine Restaurants ihr eigen nennen kann, tut sie jederzeit so, als sei sie Miteigentümerin aller.

Die Auswahl des richtigen Restaurants findet bei Ihrer Mutter nach folgenden Kriterien statt:

1. Wie viele ihrer Bekannten Sie dort sehen werden.
2. Wie groß die Portionen sind.
3. Ob der Oberkellner ihr zuzwinkert und sagt: »Wie schön, Sie wieder einmal bei uns zu sehen, gnädige Frau.«
4. Ob das Angebot an der Salatbar groß genug ist, um den Eindruck zu erwecken, daß man davon eine eigene Mahlzeit bestreiten kann.
5. Ob die Kellnerin ihr ohne Aufpreis zwei Scheiben Brot extra bringt.
6. Ob die Kellnerin ihr ohne Aufpreis ein anderes Essen anbietet, wenn sie das, was sie bestellt hat, doch nicht mag.
7. Ob es immer einen freien Parkplatz vor dem Restaurant gibt.

8. Ob man auch ohne Reservierung einen freien Tisch findet.

9. Ob der Barkeeper genau die richtige Menge Kohlensäure in den Gespritzten tut.

10. Ob man ihr, ohne zu fragen, die Reste für den Hund einpackt.

11. Ob es günstige Seniorenteller gibt.

Abgesehen von diesen elf Kriterien gibt es bei der Auswahl des richtigen Restaurants für Ihre Mutter wahrscheinlich nichts Wichtigeres als den Gegenwert an Naturalien, den sie für ihr Geld erhält. Nichts bestätigt dies deutlicher als ihre Fähigkeit, besonders die Restaurants auszuwählen, in denen man an dem betreffenden Abend für einen festen Preis

SOVIEL BEKOMMT, WIE MAN ESSEN KANN.

Viele dieser Restaurants servieren allerdings so durchschnittliches Essen, daß Ihre Mutter nicht im Traum daran denken würde, sie an ganz normalen Abenden zu besuchen. Die Verlockung jedoch, soviel für ihr Geld zu bekommen – gekoppelt mit der Gelegenheit, Sie mit unbegrenzten Mengen von Lebensmitteln vollzustopfen –, ist einfach unwiderstehlich.
Mit anderen Worten: Schlagen Sie sich das Wildragout aus dem Kopf und schalten Sie auf Falschen Hasen um.
Noch eine letzte Empfehlung: Gegen Ende des Essens werden Sie vielleicht Zeuge eines Streitgesprächs zwischen Ihrer Mutter und dem Geschäftsführer des Restaurants werden, das mit den bestimmten, doch höflichen Worten des letzteren endet:

ES TUT MIR LEID, GNÄDIGE FRAU, ABER AN ABENDEN, AN DENEN JEDER ESSEN KANN, SOVIEL ER WILL, GEBEN WIR NICHTS FÜR HUNDE MIT.

Lassen Sie einfach Ihre Autoschlüssel unter den Tisch fallen und suchen Sie dort so lange danach, bis das Gespräch vorüber ist.

Früher oder später – in den meisten Fällen dann, wenn das Ende DES BESUCHES schon in absehbare Nähe gerückt ist – werden Sie bei Ihrer Mutter ein häufigeres Wechseln der Launen und Stimmungen bei Ihren gemeinsamen Unternehmungen beobachten. Dies sind ernst zu nehmende Vorboten! Er steht ins Haus, ...

Der unvermeidliche Knall

Aus welchen Gründen auch immer – und die möglichen Ursachen mögen hier so zahlreich sein, wie es auf dieser Erde Mütter gibt – wird irgendeine harmlose Bemerkung oder Situation Ihre Mutter plötzlich an einen verborgenen Gedanken erinnern, der ihr schon seit langem durch den Kopf schwirrt. Diese Bemerkung oder Situation braucht im Grunde überhaupt nichts mit Ihnen zu tun zu haben, und Sie brauchen, strenggenommen, noch nicht einmal dabeizusein, wenn es geschieht. Doch auch das wird Ihnen nichts nützen, denn Sie werden das Resultat auf jeden Fall (bestenfalls mit einer gewissen Verzögerung) zu spüren bekommen. Hier einige Beispiele:

+ Ein Nachbar macht eine Bemerkung über die hohen Kosten neuer Zahnprothesen...	+ *Du hättest Zahnarzt werden sollen, wie ich es mir immer gewünscht habe!*
+ Sie sieht den süßen, sommersprossigen Jungen in der Fernsehreklame für Cornflakes...	+ *Wie konntest du dich nur entscheiden, keine Kinder zu bekommen!?*
+ Eine Reklametafel kündigt einen »Großmuttertag« im Kinderzoo an, und zwar zwei Tage nach Ihrer geplanten Abreise...	+ *Daß* du *wieder zurückmußt, ist noch lange kein Grund, warum die Kinder nicht noch eine Woche länger bleiben können!?*
+ Sie hört, daß die Arbeitslosenrate im letzten Monat um zwei Prozent gestiegen ist...	+ *Warum hast du deinen Lehrerjob an den Nagel gehängt, wo du nur noch zehn Jahre bis zur Pensionierung hattest!?*

+ Sie liest, daß in einer Auktion ein Picasso für 3000000 Dollar versteigert wurde...

+ *Wie konntest du nur das riesige Originalölgemälde von der ARCHE NOAH, das ich dir geschenkt habe, auf den Speicher stellen!?*

+ Rudy, der Fleischer, erzählt ihr, daß seiner Meinung nach die Preise für Immobilien in den Keller gehen...

+ *Ich habe ja gleich gesagt, daß ihr euch so weit entfernt kein Haus kaufen sollt!*

+ Sie liest in ihrer Zeitschrift einen Fotobericht über eine Fürstenhochzeit...

+ *Du willst nur deshalb nicht heiraten, um mir eins auszuwischen!*

+ Ihr Achtjähriger verkündet am Swimmingpool, der Kinderzoo sei der letzte Scheiß...

+ *Wie kannst du deine Kinder zu solchen Grobheiten erziehen?*

+ Ihr Zehnjähriger bittet Sie um das Geld für ein Videospiel und Sie geben es ihm...

+ *Wie kannst du zulassen, daß deine Kinder mit Geld um sich schmeißen, als würde es auf der Straße rumliegen!?*

Diese Gedanken werden nicht unbedingt gleich in solche Worte gefaßt, denn auch Ihre Mutter versucht alles, um während DES BESUCHES einen Frontalzusammenstoß zu vermeiden.
Doch wie in den *Tarzan*-Filmen, wenn plötzlich der Dschungel seltsam still wird, legt sich eine bedrohliche Spannung über die gesamte Atmosphäre. Durch einen einfachen Test können Sie feststellen, ob der entscheidende Zeitpunkt gekommen ist: Wenn Sie Ihre Mutter fragen, ob irgend etwas los sei, und auf Ihre Frage die folgende Antwort bekommen:

LOS SEIN? WAS SOLL DENN LOS SEIN?

dann ist dies der unwiderlegbare Beweis dafür, daß wirklich etwas los ist. Doch unsere Forschungen belegen, daß Sie recht wenig dagegen tun können, denn was auch immer es gewesen sein mag, das Ihre Mutter aus der Fassung gebracht hat, es wird erst dann enthüllt, wenn *sie* meint, es sei

AN DER ZEIT.

Und »an der Zeit« ist es dann, wenn Ihre Mutter den Punkt erreicht, an dem sie sich nicht länger zurückhalten kann, und gerade, wenn Sie wie beiläufig erwähnen, daß es im Kühlschrank keinen Orangensaft mehr gäbe, wird sie empört ausrufen:

VIELLEICHT WIRST DU ES BEI DEINER *NÄCHSTEN* MUTTER BESSER HABEN!

was Sie zu der Aussage verleiten könnte:

WAS SOLL DENN DAS HEISSEN!?

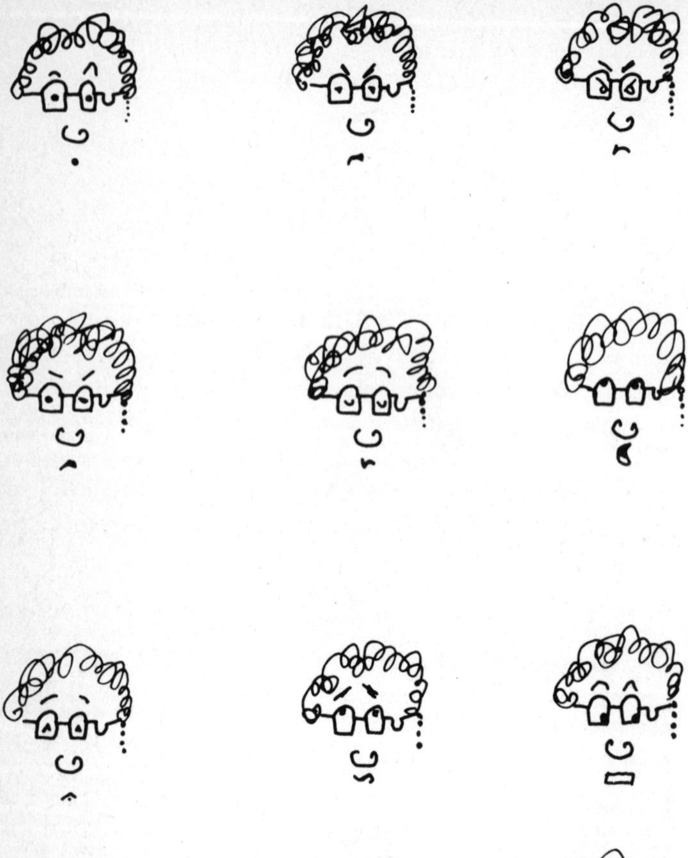

was wiederum Ihrer Mutter grünes Licht für die Antwort gibt:

DU WEISST NICHT, WAS DAS HEISSEN SOLL?
NA GUT, DU HAST SELBST GEFRAGT.
ICH WERDE DIR SAGEN, WAS DAS HEISSEN SOLL!

Diese oder eine ähnliche Aussage deutet unmißverständlich an, daß DER UNVERMEIDLICHE KNALL gekommen ist. Innerhalb weniger Sekunden öffnen sich die Schleusen, und eine wahre Flutwelle von Klagen ergießt sich über Ihr Haupt. Von den meisten hatten Sie irrtümlicherweise angenommen, sie seien längst gegenstandslos geworden. Plötzlich sehen Sie sich wieder Vorwürfen wie den folgenden ausgesetzt:

+ Als Ihr achtjähriger Sohn geboren wurde, haben Sie ihn nach dem Vater Ihres *Ehemannes* genannt!
  ODER

+ Sie haben noch kein einziges Mal das Hochzeitsgeschenk benutzt, das sie Ihnen gemacht hat!
  ODER

+ Als Ihre vierzehnjährige Tochter geboren wurde, haben Sie Ihre Schwiegermutter zuerst angerufen!

Unsere Forschungsergebnisse beweisen, daß es im Verlauf des UNVERMEIDLICHEN KNALLS nichts gibt, was Sie tun oder sagen könnten, um die Wogen zu glätten. Es ist einfach nicht die Zeit dazu, ihr eine lustige Geschichte zu erzählen oder ein Barbra-Streisand-Lied zu summen.
Selbst ein einfaches »Aber Mutti...« wird die Situation nur noch weiter aufheizen.

Deshalb raten wir Ihnen zu folgender ausgeklügelter Strategie:

HALTEN SIE IHREN MUND!

Außerdem empfehlen wir Ihnen, einen Blick auf den nächsten Kalender zu werfen und die Zeit bis zu Ihrer Abreise zu überschlagen. Der allerwichtigste Faktor bei der Lösung des UNVERMEIDLICHEN KNALLS besteht nämlich im richtigen

TIMING.

Viele Menschen meinen, die beste Lösung des UNVERMEIDLICHEN KNALLS bestehe darin, sich willkürlich für alle vermeintlichen Ungerechtigkeiten zu entschuldigen. Dies ist jedoch nicht empfehlenswert. Ratsamer ist es, darauf hinzuweisen, wie leid es Ihnen tut, daß sie so aufgeregt ist.

Das einzige Mittel, das die friedliche Koexistenz zwischen Ihnen und Ihrer Mutter wieder herzustellen vermag, ist die ZEIT. Sobald Sie verstanden haben, daß Sie ihre Vorwürfe durch nichts entkräften können, und einsehen, daß die *Gefühle* Ihrer Mutter echt sind (obgleich die Tatsachen ganz anders gewesen sein mögen, als sie es darstellt), ist das Ganze eigentlich nur noch eine reine Frage des Aussitzens.

Das also ist der Grund, warum wir Ihnen empfehlen, auf den Kalender zu schauen und die Tage oder Stunden bis zu Ihrer Abreise zu zählen. Im Interesse der zukünftigen Beziehungen

DÜRFEN SIE NICHT ABREISEN, BEVOR DER KNALL NICHT VERHALLT IST.

Wenn z. B. der KNALL an einem Donnerstagabend stattfindet und Sie erst am Sonntag abreisen, ist die ZEIT auf Ihrer

Seite. Wenn er an einem Donnerstagabend stattfindet und Sie am Freitagmorgen nach Hause fahren wollen –

DANN HABEN SIE EIN PROBLEM.

Wir können Ihnen nur noch raten, die dunkelblaue Strandjacke mit den gelben Fischen drauf anzuziehen, sich der Gnade des Gerichts zu überlassen und mit ruhiger Stimme zu sagen: »Wir haben nur noch wenige Stunden zusammen, Mutter, wir wollen uns doch davon nicht den ganzen Besuch verderben lassen.«

Angenommen, der UNVERMEIDLICHE KNALL ist vorüber und hat sich in vorübergehendes Wohlgefallen aufgelöst, dann beginnt nun der heikelste Teil Ihres BESUCHES:

Da sich Ihre Mutter die ganze Zeit über des genauen Zeitpunktes Ihrer Abreise ebenso bewußt ist wie Sie, sollten Sie weder Ihre Abreise erwähnen noch vor dem Abend davor irgend etwas zusammenpacken. Früher damit anzufangen, würde als grausame und inhumane Strafe empfunden werden. Wenn Sie sich den Rückflug von Ihrer Fluggesellschaft telefonisch bestätigen lassen müssen, gehen Sie mit dem Telefon außer Hörweite, z. B. in ein anderes Zimmer. Ihre Mutter ist in dieser Hinsicht sehr empfindlich, was sich nirgends deutlicher zeigt als achtundvierzig Stunden vor Ihrer Abreise in der Küche. Ungefähr zu dieser Zeit nämlich stellt sie fest:

SIE HABEN NUR NOCH SECHS GEMEINSAME MAHLZEITEN VOR SICH!

Während dieses entscheidenden Countdowns raten wir zu einem ganz besonders mitfühlenden und rücksichtsvollen Verhalten. Angesichts der begrenzten Zeit, die jetzt noch für DEN BESUCH zur Verfügung steht, gewinnt die Wahl der Unternehmungen tagsüber und abends ständig an Bedeutung. Zum Beispiel lautet das Argument *für* eine Partie Tennis am letzten Tag Ihres BESUCHES, daß Sie etwas Entspannung vor der Rückkehr in die normale Alltagshektik immer gut gebrauchen können. Das Argument *gegen* eine Partie Tennis am letzten Tag Ihres BESUCHES aber lautet, daß Sie sich genug entspannt haben und Ihre Mutter sich wirklich freuen würde, wenn Sie sie zur Auktion antiker Serviettenringe begleiten würden.

Wir stellen anheim, die Entscheidung ganz allein davon abhängig zu machen, bei welchen Unternehmungen Sie den ganzen Tag mit Ihrer Mutter zusammensein können. Dafür gibt es zwei Gründe: Weil sie ständig daran denkt, daß Sie in kurzer Zeit abreisen werden, könnte sie jeden Moment, den Sie nicht mit ihr verbringen, so interpretieren, als *wollten* Sie nicht mit ihr zusammensein. Indem Sie zweitens den ganzen letzten Tag mit ihr verbringen, wird DER BESUCH in ihrer Erinnerung den bestmöglichen Eindruck hinterlassen.

Auch das letzte gemeinsame Abendessen gewinnt eine besondere Bedeutung. Während sie alle Entscheidungen für das Begrüßungsessen getroffen hat, wird sie Ihnen jetzt Gelegenheit geben, sich etwas ganz nach *Ihren* Wünschen auszusuchen – solange es ihr die Möglichkeit gibt, ihre Küchenkünste ein weiteres Mal unter Beweis zu stellen.
Obgleich Ihre Lieblingsspeisen die ganze Skala von Hummer bis Linguini einnehmen können, wird für Ihre Mutter das wichtigste Kriterium das folgende sein:

KANNST DU DAVON ETWAS MITNEHMEN, WENN DU FÄHRST?

Wenn Sie der Meinung waren, das *erste* Frühstück sei üppig gewesen, dann werden Sie am Morgen Ihrer Abreise eines Besseren belehrt werden. Ihre Mutter handelt nämlich in dem sicheren Wissen, daß Sie bis zu Ihrem nächsten BESUCH bei ihr auch nicht annähernd so gut essen werden.

Die eigentliche ABREISE kann für Sie zu einer außergewöhnlich frustrierenden und schwierigen Erfahrung werden, wenn Sie sich nicht vorher schon darüber klarwerden, was in diesen letzten Stunden vor sich geht. Es handelt sich um das unbewußte Bemühen von seiten Ihrer Mutter,

DEN BESUCH HINAUSZUZÖGERN.

Dies kann verschiedene Formen annehmen:

+ Sie verstellt den Wecker kurz bevor er klingeln soll, um Ihnen ein »Extraviertelstündchen« Schlaf zu gönnen.
+ Sie bietet Ihnen etwas zum Frühstück an, das eine längere Vorbereitungs- und Aufräumzeit in Anspruch nimmt.
+ Sie findet, dies sei die richtige Zeit, ihre alten, ausgefransten Topflappen durch neue zu ersetzen, nach denen sie jedoch erst umständlich suchen muß.
+ Sie entdeckt, daß die kleinen bunten Magnete, die ihre Einkaufsliste, Rezepte und die Zeichnungen der Enkelkinder am Kühlschrank festhalten, alle neu arrangiert werden müssen.
+ Sie beginnt, Ihnen ein Proviantpaket zurechtzupacken, das die Reste vom letzten Abendessen sowie genug Nahrung für eine Woche auf einer einsamen Insel beinhaltet.
+ Sie findet, dies sei die richtige Zeit, um einmal gründlich den Toaster zu reinigen.
+ Als sie Sie Ihren Koffer aus dem Zimmer tragen sieht, fallen ihr plötzlich mindestens vier Geschenke ein, die sie Ihnen eigentlich noch hatte mitgeben wollen, und sie verschwindet, um nach ihnen zu suchen.
+ Sie schreibt alle einundzwanzig Zutaten des Nachtisches auf, der Ihnen am Abend zuvor so gut geschmeckt hat.

Wenn Sie nicht wüßten, was da eigentlich vor sich geht, würden Sie sich zu diesem Zeitpunkt wahrscheinlich die Haare ausraufen, verzweifelt auf die Uhr schauen und sich fragen, wie um alles in der Welt Sie noch Ihren Zug erreichen sollen. Es empfiehlt sich deshalb, von vornherein eine Stunde zusätzlich mit einzuplanen. Dann haben Sie genug Zeit, in aller Ruhe Ihre Koffer zum Auto oder Taxi zu bringen, während sich Ihre Mutter ihren Abschiedsritualen hingeben kann.

Wenn Sie mit dem Auto Ihrer Mutter zum Flughafen oder Bahnhof fahren, raten wir Ihnen, sich unbedingt selbst ans Steuer zu setzen. Würden Sie Ihre Mutter nämlich fahren lassen, könnten noch eine ganze Reihe unvorhergesehener Dinge geschehen:

+ Sie könnte eine völlig neue »Abkürzung« ausprobieren, die Rudy, der Fleischer, ihr empfohlen hat.
+ Es könnte ihr einfallen, bei der Tankstelle anzuhalten und das Auto waschen zu lassen.
+ Es könnte ihr einfallen, bei der Tankstelle anzuhalten, um Benzin nachfüllen zu lassen, obwohl sie erst tags zuvor vollgetankt hat.
+ Wenn sie, »nur um zu tanken«, bei der Tankstelle anhält, könnte sie den Mechaniker bitten, sich mal das Klopfen im Motor anzuhören, von dem Sie genau wissen, daß es seit mindestens sechs Monaten schon da war.
+ Sie könnte sich Sorgen machen, daß sie die Haustür nicht abgeschlossen hat, und möchte deshalb lieber noch mal ihre Nachbarin anrufen.
+ Je näher Sie dem Bahnhof kommen, desto langsamer scheint das Auto zu fahren.

Unmittelbar nach der Ankunft am Bahnhof oder Flughafen empfehlen wir Ihnen, Ihrer Mutter überschwenglich zu danken, sich mit einem Kuß zu verabschieden und schnellstens zu verschwinden. Zu diesem Zeitpunkt sollte Ihnen beiden völlig klar sein, daß Sie wirklich abreisen werden –

und jede unvorhergesehene Verspätung Ihres Zuges, Busses oder Flugzeuges würde in ihr nur die falsche Hoffnung nähren, daß Sie vielleicht doch noch länger blieben.

Nun werden Sie und Ihre Mutter sich trennen und beide froh darüber sein, daß Sie eine so schöne Zeit miteinander verbracht haben. Seien Sie trotzdem nicht überrascht, wenn sie in dem Moment, in dem Sie Ihren Koffer nehmen und sich zum Gehen umwenden, den zärtlichen Ausspruch hören:

ES WAR SO SCHÖN, DICH BEI MIR ZU HABEN –
WIE SCHADE, DASS DU NICHT LÄNGER
BLEIBEN KONNTEST!

Doch wenn Sie denken, daß DER BESUCH nun vorüber sei und die NACH-BESUCHS-PHASE schon begonnen habe, irren Sie sich gewaltig. Für Ihre Mutter gilt:

NUR WEIL SIE AUFWIEDERSEHEN GESAGT
HABEN,
HEISST DAS NOCH LANGE NICHT, DASS SIE
WIRKLICH FORT SIND.

Die Nach-Besuchs-Phase

Die NACH-BESUCHS-PHASE beginnt offiziell erst in dem Moment, in dem Ihre Mutter weiß, daß Sie sicher zu Hause angekommen sind. Dieses Verhalten geht zurück auf eine Zeit, als sie abends so lange aufblieb, bis Sie von einem Treffen mit Ihren Freunden zurückkamen. Das vertraute Geräusch Ihres Hausschlüssels in der Haustür war ihre Versicherung, daß alles in Ordnung war, und obwohl Sie jetzt beträchtlich älter sind, ist dieser Trost für sie immer noch sehr wichtig.

Deshalb empfehlen wir Ihnen, von sich aus anzurufen und sie wissen zu lassen, daß alles in Ordnung ist. (Natürlich könnten Sie ihr auch eine Postkarte oder einen Brief schikken, aber das würde heißen, daß sie sich länger Sorgen machen müßte.)

Wenn Sie anrufen, danken Sie ihr für die herrliche Zeit bei ihr. Halten Sie das Gespräch kurz und bedenken Sie vor allem, daß alle Widrigkeiten auf der Rückfahrt von Ihrer Mutter immer noch als Teil des BESUCHES empfunden werden und sie sich dafür verantwortlich fühlen wird. Schließlich wäre das gar nicht erst passiert, wenn Sie sie nicht besucht hätten. Berücksichtigen Sie deshalb folgende Verhaltensmaßregeln:

+ Erwähnen Sie keinesfalls die Extragebühr für Übergepäck, die Sie für all ihre »Geschenke« bezahlen mußten.
+ Erzählen Sie nicht, daß Sie nach dem Abschied von ihr noch eine geschlagene Stunde am Bahnhof sitzen mußten, weil der Zug Verspätung hatte.

+ Sagen Sie nichts davon, daß das Flugzeug klapprig war oder der Bus auf der Heimfahrt liegengeblieben ist.

+ Denken Sie nicht einmal im Traum daran, von der Mahlzeit im Flugzeug zu sprechen.

+ Wenn Sie im Abteil unglückseligerweise ausgerechnet gegenüber von Mrs. Hufnagel gesessen haben, sagen Sie Ihrer Mutter, daß Sie erfolgreich jedes Gespräch mit ihr vermieden haben.

+ Erwähnen Sie auf keinen Fall den doppelten Whisky, den Sie vor der Abfahrt am Flughafen getrunken haben (von den drei weiteren im Flugzeug ganz zu schweigen).

+ Erwähnen Sie auch nicht, daß der junge Mann neben Ihnen ebenfalls gerade seine Mutter besucht hatte und auch drei doppelte Whisky trank.

+ Erzählen Sie ihr lieber, daß die Stewardess meinte, noch nie zuvor ein Essen für zwölf Personen so gut verpackt gesehen zu haben, daß es unter den Vordersitz paßt.

+ Sagen Sie jedoch nichts davon, daß der Plastikbehälter, den Ihre Mutter so sorgfältig verschlossen hat, aufgegangen ist und nach Auskunft des Personals der Sitz mindestens noch zwei Wochen lang nach Remouladensauce stinken wird.

*

WIR GRATULIEREN!

Wenn Sie dieses Telefongespräch hinter sich haben, dann haben Sie offiziell die

NACH-BESUCHS-PHASE

erreicht. Innerhalb der nächsten vier Tage empfiehlt sich ein weiteres Telefongespräch, um die Tatsache zu vertiefen, daß es eine

WUNDERBARE ZEIT

war. In dem ausführlichen Gespräch darüber können Sie Ihre Mutter gar nicht genug mit Komplimenten überschütten. Jedoch warnen wir davor, eine Person, einen Ort oder eine Mahlzeit allzu sehr hervorzuheben, da Ihre Mutter dies so interpretieren könnte, daß Ihnen der Rest nicht gefallen hat. Die einzige Person, die Sie hervorheben sollten, ist Ihre Mutter, und die einzigen Mahlzeiten, über die Sie sprechen sollten, sind das Begrüßungs- und das Abschiedsessen.
Der wichtigste Grund für diesen zweiten Folgeanruf besteht darin, daß Sie mit seiner Hilfe vielleicht herausfinden können, was Ihre Mutter *wirklich* über DEN BESUCH denkt. Sie hat ein paar Tage Zeit gehabt, sich zu erholen und über alles nachzudenken, und wenn es irgend etwas gibt, was sie beunruhigt, wird sie es Ihnen entweder direkt bei diesem Anruf sagen, oder Sie werden es am Klang ihrer Stimme erkennen. Wenn Sie alle Ratschläge in diesem Handbuch befolgt haben, werden Sie voller Freude vernehmen, wieviel dieser BESUCH für sie bedeutete, und Sie können zufrieden den Hörer auf die Gabel legen.

Und so schließt sich der Kreis... Sie sind nun wohlbehalten wieder zurück in der VOR-BESUCHS-PHASE, denn in dem Moment, in dem Ihre Mutter den Hörer auflegt, wird sie erkennen:

1. Sie sind *jetzt* nicht bei ihr.
2. Sie sind auch nicht *gerade erst* bei ihr gewesen.

Und das kann – wie Sie inzwischen gelernt haben sollten – für Ihre Mutter nur eines bedeuten:

Bitte umblättern:

Satire

Irmela Brender
Über
Miss Marple
Band 8196
Über
Pater Brown
Band 8234

Karel Čapek
Das Jahr
des Gärtners
Band 8212
Wie ein Theater-
stück entsteht
Mit 47 Zeichnungen
Band 8238

Iring Fetscher
Der Nulltarif
der Wichtel-
männer
Märchen –
und andere
Verwirrspiele
Band 5806

Iring Fetscher
Wer hat
Dornröschen
wachgeküßt?
Das Märchen-
Verwirrbuch
Band 1446

Joachim
Fildhaut (Hg.)
Statt Blumen!
Launige
Gästegeschichten
Band 8236

Martin S. Gans
Das wahre Leben
des Donald D.
Entenhausens un-
glaubliche Geschichte
Band 8191

Erich Kästner
Die Schule der
Diktatoren
Eine Komödie in
neun Bildern
Band 8195

Alfred Marquart
Über Kommissar
Maigret
Band 8197
Über
Philip Marlowe
Band 8235

Isabella Nadolny
Soviel über ihn
Immer noch Liebens-
wertes an den Männern
Band 2509

Florian
Steinbiß (Hg.)
Ich bin bei Dir,
aber du bist gerade
weit weg
Lieder und Texte aus
dem Beziehungs-
dschungel von
Robert Gernhardt,
Udo Lindenberg,
Wolfgang Niedecken u.a.
Band 8132

Fischer Taschenbuch Verlag

fi 473/4

Cartoons

Franziska Becker, Claire Bretécher, Marie Marks/ Chlodwig Poth/ Gerhard Seyfried/ Hans Traxler u.a.
Beziehungskisten
Band 8239

Simon Bond
Teddys
Band 8217

Claire Bretécher, Marie Marcks u.a.
Putz! Frauen
Band 8150

Peter Butschkow
Matscho!!
Band 8214

Mel Calman
Du fängst doch immer an!
Band 8199

Bernard Farmer
Katzen unter Strom
Band 8216

Hogli
Sicher ist sicher
Band 8190

Pepsch Gottscheber, Walter Hanel, Marie Marcks, Felix Mussil
Die Wende
Eine satirische Bilanz
Band 8215

Martin Honeysett
Wie man seinen Computer überlebt!
Band 8193
Wie man den Gesundheitsboom überlebt!
Band 8194

Martin Honeysett
Wie man die sexuelle Revolution überlebt! *Band 8218*

Doris Lerche
Du streichelst mich nie!
Psycho-horror-picture-show I
Band 8219
Keiner versteht mich
Psycho-horror-picture-show III
Band 8240

MIK
Ferdinand ist da!
Band 8154

MUCH
Tolle Perspektiven
Band 8167

Sempé
Feine Leute
Band 8155

Fischer Taschenbuch Verlag

fi 474/4

Ilja Ilf und Jewgeni Petrow

Zwölf Stühle

Roman

Der berühmte Schelmenroman »Zwölf Stühle« (1928), Gemeinschafts- und Meisterwerk der beiden russischen Satiriker Ilja Ilf und Jewgeni Petrow, kreist um das ewige Thema: Wie kommt man zu Geld? Ippolit Worobjaninow, dem verstaubten kleinen Beamten in einem russischen Provinznest, scheint sich *die* Gelegenheit zu bieten: Schwiegermütterchen gesteht auf dem Sterbebett, die Familienjuwelen vor der Revolution in Sicherheit gebracht und in einen von 12 Polsterstühlnen eingenäht zu haben. An Ippolits Jagd nach besagten 12 Stühlen beteiligen sich, durchaus unlauteren Sinnes, Pater Fjodor und ein Schlitzohr namens Ostap Bender.

Band 8204

Diese turbulente und hinreißend komische Erbschleichergeschichte führt kreuz und quer durch ganz Rußland und durchmißt sämtliche Niederungen der revolutionären Umbruchzeit.

Fischer Taschenbuch Verlag

fi 570 / 1